때론
대충 살고
가끔은
완벽하게
살아

구선아
지음

임진아
그림

때론
대충 살고
가끔은
완벽하게
살아

읽고 쓰고
만나는
책방지기의
문장일기

해의시간

저의 문장 속에서 당신의 문장을,

당신의 오늘을 찾을 수 있길 바랍니다.

작가의 말

나는 매일 읽고 쓰는 삶을 산다.

처음엔 덜컹거리는 일상을 붙잡고 싶어서였다. 삶은 뜻대로 되지 않는 게 더 많다는 걸 알면서부터였을 것이다. 그래도 완벽히 살아 내고 싶어 참 많이 애썼다. 그땐 그 애씀이 나를 위한 것인 줄 알았다. 충분히 아파하고 충분히 사랑할 겨를 없이 하루하루를 보냈고, 하루의 결핍을 채우기 위해 읽고 쓰는 일에 집착했다.

특히 나의 작은 마음이 부끄러워질 때면 읽고 썼다. 큰 사람이 되고 싶었지만 갈수록 옹졸해지는 나를 볼 때마다 책을 들었다. 나에게는 없는 마음이 다른 이의 문장 속에는 있었다. 수많은 문장 속에서 나의 과거도 오늘도 만났다. 그렇게 문장을 읽고, 나의 과거와 오늘 그리고 때때로 내일을 썼다. 아마 내일도, 그리고 더 오랜 시간이 지나도 그럴 것이다.

오늘은 나를 위해, 더 많이 사랑하기 위해 읽고 쓴다.

상처가 많은 사람이 위대한 글을 쓴다면, 나는
상처 없이 조용히 읽고 쓰는 삶을 살고 싶다.
나의 사랑하는 사람을 위해, 나를 사랑하는
사람을 위해. 그리고 잠깐의 스치는 바람과
아름다운 문장 하나로도 웃을 수 있는 오늘을
위해.
이렇게 나는 매일 읽고 쓰는 삶을 산다.

엉뚱한 곳으로 흘러가 다시 덜컹거릴지
모르지만,
나는 문장과 함께 나를 위해 대충 살고, 나를
위해 완벽하게 살기로 했다.

구선아

목차

3. 좋아하는 일을 합니다

4. 오늘도 오늘 같기를

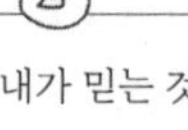

1. 때론 대충 살고 가끔은 완벽하게 살아

"책을 읽고 '아는 것'이 '사는 것'과 이어져야 한다는 생각을 최근 들어 자주 한다."

하바 요시타카 지음, 『책 따위 안 읽어도 좋지만』, 홍성민 옮김, 더난출판사, 2016

아는 것이 사는 것과 이어지는 삶.
왜 그런 삶을 사는 데엔 용기가 필요하게 된 것일까.

"여기서 어느 길로 가야 하는지 가르쳐 줄래?"
"그건 네가 어디로 가고 싶은가에 달려 있어."
"난 어디든 상관없어."
"그렇다면 어느 길로나 가도 돼."
"……어디든 도착만 한다면."
"아, 넌 틀림없이 도착하게 되어 있어. 계속 걷다 보면
어디든 닿게 되거든!"

루이스 캐럴 지음, 존 테니얼 그림, 『이상한 나라의 앨리스』,
손영미 옮김, 시공주니어, 2001

세상엔 어중간한 재능만큼 불편한 게 없다.
나는 내 어중간한 재능이 항상 불편했다. 재능과 세계의 요구가 교차하는 지점에 천직이 있다고들 말하지만 나의 재능과 세계의 요구는 평행선 같았다.
어릴 땐 꿈이 참 많았다. 선생님, 피아니스트, 작곡가, 화가, 패션 디자이너를 거쳐 건축가에 도달했고, 결국 울고불고 떼를 써서 건축과에 진학했다. 원하던 학과에 입학해서도 다른 곳에 눈을 돌려 또 다른 전공과 업을 찾아 여기저기 기웃거렸다. 그리고 이게 내 천직이구나, 싶은 일을 찾고도 다른 재능을 발굴하기 바빴다.

그땐 조금만 더 노력하면, 조금만 더 운이 따라
주면 뭐든 할 수 있을 것만 같았다. 나는 남들과
다르다고 생각했다. 재능도 운도. 하지만
그럴수록 누군가와 비교하는 나를 마주했다.
나도 저만큼 할 수 있을까? 나는 왜 저만큼
못할까? 나는 왜 이 정도일까. 매일 자신감과
자괴감 사이에서 널을 뛰었다.
지금도 어중간한 재능 때문에 헷갈리지만 뭐
어떤가. 일단 해 보자. 해 보다가 이 길이
아니라 생각되면 이제껏 걸어온 길에 그동안
즐거웠다 인사를 건네면 그만이다. 그러다 보면
나도 언젠간 어느 길의 끝에 다다르지 않을까.

"인생에 시도 같은 것은 존재하지 않는다. 한번 해 보는 것은 한 것과 똑같은 것이다."

다자이 오사무 지음, 『다자이 오사무 내 마음의 문장들』, 박성민 편역, 시와서, 2020

"두드려라 그러면 열릴 것이다."

종교가 없는 내가 유일하게 알고 있는 성경 말씀이다.
만나고 싶은 사람이 있으면 만나자 하고,
하고 싶은 일이 있으면 기다리지 말아야 한다.
기회는 기다린다고 스스로 내 앞에 찾아오지 않는다. 아주 작은 시도라도 시작해야만 한다.
작은 걸음이 이어지면 반드시 길이 나타난다.
혹시 낯선 길일지라도 가끔은 내가 원하는 목적지에 데려다주기도 하니까. 기다리지 말자,
두려워 말자.

"미셸 푸코가 주장했던 것처럼, 우리는 반드시 우리의 인생에 여행 일정표를 창조하기 마련이다. 게다가 그 여행 일정표를 창조하는 과정에서 우리 자신들도 또한 창조하기 마련이다. 마치 예술작품들이 예술가에 의해 창조되는 것처럼 말이다."

지그문트 바우만 지음, 『고독을 잃어버린 시간』,
조은평·강지은 옮김, 동녘, 2012

아침에 일어나 잠들 때까지 완벽하길 바라는
내 모습은 누굴 위한 것일까. 완벽해지려
애쓰지 않아도 된다. 모두 완벽할 필요는 없다.
때론 대충 살아도 된다. 태어난 김에 산다는
그처럼, 이어폰 왼쪽과 오른쪽이 상관없고
스마트폰 모델과 케이스 모델의 다름이 상관없는
그녀들처럼 대충 살아도 된다. 그러나 그와
그녀는 자신의 일만큼은 완벽을 추구한다.
대충 살아도 되는 일과 그렇지 않은 일이 있는
것이다. 이건 자신만이 정할 수 있다.
대충 사는 건 무책임하게 살라는 말이 아니다.
대충 살다가 결정적 기회가 날아갈 수도 있다.

기회는 기다려 주지 않으니까.
그러니 대충 살자는 건 모든 일에 자신을
옭아매지 말자는 말이다.
남의 시선보다 자신을 돌봐도 된다는 이야기다.
그래서 나는 때론 대충 살고 가끔은 완벽하게
산다.

"헛된 것을 헛되다고 알면서도 기대할 때는 단지 그 기대만을 머릿속에 그리며 움직이지 않고 가만있는 것이 상책이지만, 그게 쉬운 일이 아니라 마음의 기대와 실제가 합치될지 말지 꼭 시도해 보고 싶어진다. 시도해 보면 실망할 것이 뻔하지만, 최후의 실망을 스스로 사실로 받아들일 때까지는 인정할 수 없다."

나쓰메 소세키 지음, 『나는 고양이로소이다』,
김영식 옮김, 문예출판사, 2019

내가 가장 싫어하는 말이 "긍정의 힘을 가져라"와 "하면 된다. 안 되는 게 어디 있어"이다.
세상에 안 되는 일은 안 된다.
사실 안 되는 일은 죽어도 안 된다.
그러나 사회는 긍정의 힘이란 말로
'하면 된다'고 강요한다.
그런 사람에게 묻고 싶다.
정말 하면 되더냐고.
그렇다고 모든 일을 부정적으로 대하자는
이야기는 아니다.
다만 선택은 개인이 해야 한다는 것.
사회가 나서서 선택을 강요하면 안 된다는 것.

남들 하니까 나도 해야 하는 의무 아닌 의무감
따윈 버려도 된다.
싫은 일은 안 해도 될 권리,
싫은 사람은 안 만나도 될 권리,
하고 싶은 일을 해 볼 권리,
포기하고 싶을 때 포기해도 될 권리.
그 모든 권리가 우리에게 있다.

"사람은 가진 게 없어도 행복해질 수 있어.
하지만 미래를 두려워하면서 행복해질 순 없어.
나는 두려워하면서 살고 싶지 않아."

장강명 지음, 『한국이 싫어서』, 민음사, 2015

책상 정리를 하다가 수년 전 적어 둔 메모를 발견했다.

"마주한 우연에, 마주한 인연에, 마주한 행운에, 마주한 상처에, 마주한 그 모든 것에 호들갑 떨지 않겠다고 생각한다. 지나고 보면 그 모든 것이 나에게 주어진 시간 속에서 마주한 것이므로. 자연스레 자유스레 살겠다고 생각한다."

나는 호들갑 떨지 않는 삶을 살 수 있을까.
그땐 미래를 두려워하지 않을 수 있을까.
그리고 행복하다고 말할 수 있을까.

2. 퇴사는 용기가 아니었다

"오직 눈에 비치는 그대로의 사물을 보고, 귀에 들리는 그대로의 소리를 들으며 마음이 움직이는 대로 마음을 가져 딴 곳으로 옮겨가지 않는다."

김연수 지음, 『청춘의 문장들』, 마음산책, 2004

비가 갠 오후, 무지개를 보았다.
언제 보았는지 모를 무지개였다.
무지개를 보며 무지개의 시작이 아니라
무지개의 끝이라 생각했다.

무지개의 끝을 보았다.
무지개의 끝을 보며 시작하는 마음과
끝나는 마음을 생각했다.

그리고 나의 시작과 끝을 생각했다.
나의 시작과 끝은 내 마음이 움직이는 대로.

"사명감을 위해 고집스럽게 조합하는 기교에서,
이리저리 비틀고 집요하게 파고듦과 동시에 지극히
감상적인, 분명 헛될 수밖에 없는 자기 자신에 대한
피조물의 반항을 읽을 수 있지 않은가? 숙명적인, 아니
무자비하다고 말하고 싶은 그 깊이에의 강요를?"

파트리크 쥐스킨트 지음, 『깊이에의 강요』,
김인순 옮김, 열린책들, 2008

나는 모난 성격을 가졌다. 그리 긍정적이지도 관대하지도 다정하지도 않다. 그래도 그나마 내 성격의 장점은 무언가를 시작할 때 오래 고민하지 않는다는 것.

입학, 퇴사, 결혼, 창업 등 삶의 굵직한 선택을 할 때도 오랜 고민은 없었다. 이건 어느 순간 생긴 내 성격이다. 특히 새로운 일을 시작할 때 두려워하지 않는다. 고민하는 시간에 '그냥 까짓것 해 보지 뭐' 한다. 그렇다고 해 보고 후회한 적? 왜 없겠나. 후회가 들어도 나아가고 싶다면 나아가 보거나 그만두어야겠다 싶으면 멈춘다. 한번 시작한 것을 끝까지 해야 한다는

다짐, 고집은 다행히 없다.
누군가는 이를 깊이가 없다거나 끈기가 없다고
말할지 모른다. 하지만 누가 누구에게서
깊이에의 강요를 할 수 있을까. 누가 누구의
깊이를 잴 수 있을까. 나의 깊이는 오직 나의
자로만 잴 수 있는 것 아닐까.

"각자의 자리에서 맡은 일을 차근차근 해 나가는 순간,
일과를 마치고 그날의 일들을 이야기하는 순간…….
그 순간순간들을 소중하고 감사하게 살아내고 싶다.
비록 괴로울 때가 있다 할지라도 굴하지 않고 끈질기게
말이다."

키미앤일이 지음, 『좋아하는 일을 계속해보겠습니다』,
가나출판사, 2019

9년을 꼬박 한 회사에 다녔다. 대학원을 채
마치지 못하고 얼떨결에 입사했다. 한 번도
생각해 보지 않았던 회사였다. 세 번의 면접을
거쳐 합격 연락을 받은 날, 친구들과 조촐한
파티를 했다. 치킨과 맥주, 몇 가지 음식을
둘러 놓고 축하 인사를 받는 어색한 자리였다.
마치 어릴 적 평소 입지 않는 옷을 입고
평소에 먹지 않는 음식을 차린 채 잔뜩 멋 부린
생일파티처럼 어색했다. 하지만 이제 돈을
제대로 벌 수 있다는 기대감과 대기업 로고가
박힌 사원증을 목에 걸 수 있음에 설렜다.
나의 처음이자 마지막 공식 입사 회사는 LG

그룹의 인하우스 광고대행사였다. 무방비로 만난 회사는 낯설었지만 재밌었다. 일사불란하게 돌아가는 조직의 모든 게 신기했고 굵직한 프로젝트에 참여하는 게 뿌듯했다. 일개 사원이었지만 내 아이디어를 발표할 수 있었고, 닮고 싶은 선배와 친해지고 싶은 후배도 있었다. 수억에서 수백억이 넘는 프로젝트를 따내기 위해 치열하게 경쟁했고, 경쟁에서 승리할 때면 며칠 밤의 야근도, 타당하지 않은 과다 업무도 순식간에 잊혔다. 그렇게 계절이 변화하는 것도 모른 채 얼마간이 지났다.

그러던 어느 날부턴가 나의 삶에 격려가 필요해졌다. 이유 없이 짜증이 생겼고 무기력한 분노에 몸도 아팠다. 그때부터였다. '쓰면 느려지고 느리면 분명해진다. 손으로 쓰면서 우린 그렇게 알게 된다. 내가 누군지, 무엇을 원하는지'라는 라미의 CEO 베른하르트 뢰스너의 말처럼, 읽고 쓰면서 조금씩 알게 되었다. 내가 누군지는 몰라도 내가 무엇을 원하는지는 분명해졌다. 비록 대단하거나 화려하지 못해도 나는 내 것을 원했다.

탐욕스럽게 책을 읽고 조금씩 글을 쓰면서 회사

생활도 다시 안정되었다. 일도 점점 더 좋아지고 내 일에 자부심도 강해졌다. 그 틈에 회사 생활 틈틈이 쓴 글로 회사 사보와 외부 웹진에 기고를 시작했고, 언제 일어날지 모를 재미있을 일을 혼자 기획안으로 만들었으며, 회사 일로 만난 사람들과 나중에라도 신나는 것을 해 보자며 으쌰으쌰거렸다.

"세상에 평생직장이 어디 있어?"
"너 여기서 임원까지 할 거라며."
"더 재미있는 일이 생길 때까지 열심히 다녀야지."

소란한 날들이었지만 그렇게 나는 하루를 짧게도 길게도 살아 냈다.

"내 판단을 넘어서는 존재를 거부하지도, 빠져서
허우적대지도 않고 자연스러운 상태로 있고 싶네요.
나는 그렇게 강하지도 약하지도 위대하지도
쓸모없지도 않으니까요."

키키 키린 지음, 『키키 키린』, 현선 옮김, 항해, 2019

입사 후 얼마나 지났을까. 파티를 함께한
친구들에게 곧 회사를 그만둘 거라 말하곤 했다.
허세였는지 진심이었는지 그 시작은 기억나지
않지만 꽤 오래 입버릇처럼 말했고, 그 후로
꽤 오래 그만둘 시간도 마음도 없어 남들보다
열심히 다녔다. 그리고 어느 날, 회사 동료
누구에게도 말하지 않고 퇴사를 했다. 학교에
진학하고 책방을 열고 퇴사를 결정하기까지
고민한 시간은 불과 몇 분. 보이지 않는 힘이
나를 끌어당기는 듯 자연스러웠다.
퇴사. 멋지게 사표를 던지면 끝인 줄 알았다.
그러나 남은 휴가를 쓰고 자료와 자리를

정리하고 여러 장의 서류에 사인을 하고 여러 명의 상사와 임원과 기억도 나지 않는 인사를 나누느라 여러 날이 필요했다. 그렇게 마지막 출근 날, 마지막 인사를 드리러 간 대표이사실에서였다.

"후회하지 않아? 지금이라도 그곳에 갔을 거 같아?"

그곳. 광화문 광장이 촛불로 활활 타오를 때 내가 있던 그곳. 문화정책 실행을 위해 여러 기관과 기업이 모여 만들어진 곳. 여러 인연으로 인해 내가 1년 넘게 머물렀던 곳.

"네, 제 선택이었죠. 선택에 후회하진 않아요. 많이 배웠습니다."

그리고는 이젠 가십과도 같아진 몇몇 이야기를 나누고 허리를 깊이 숙여 마지막 인사를 건넸다. 이젠 정말 마지막인가 싶었지만 엘리베이터 앞에서 만난 어느 팀 상사가 말했다. 우연히 만난 게 아니라 나를 쫓아 나선 것이었다.

"회사 밖은 전쟁보다 더해. 그만두고 뭐하려고."
"공부도 더 하고 작은 책방 하려고요."
"그건 돈이 안 되잖아."
"돈은 뭐, 하하."
"돈은 뭐라니 살아 봐라. 돈이 최고다. 다른 거 없어."

나는 예의 있는 웃음으로 얼버무렸지만
엘리베이터에서 내리기도 전에 호기롭게
콧방귀를 뀌었다. 회사를 다니지 않아도 내가 뭐
월급 정도도 못 벌까. 물론 얼마 지나지 않아
회사에서 적지 않은 월급을 나에게 줬구나 알게
됐지만…….
지금도 가끔은 회사에서의 날들이 떠오르고,
회사 이야기를 할 때도 습관처럼 우리 회사라
말한다. 하지만 어차피 모든 과거는 후회스럽고
모든 미래는 불안하다. 그래서 나는 어느 순간의
선택도 돌아보지 않기로 했다.

"오히려 삶이 우리를 갖고 소유하는 게 아닌가 싶습니다.
살았다는 느낌이 들면 우리는 마치 스스로 삶을
선택이라도 한 것처럼, 자기 삶인 양 기억하곤 하지요."

로맹 가리 지음, 『내 삶의 의미』, 백선희 옮김, 문학과지성사, 2015

회사를 그만두고 가장 설레면서도 두려운 일.
무엇이 중요한지 모두 내가 선택해야 하는 일.
그러나 어쩌면 나의 선택이 아니어도 그냥
흘러가 맞닿을 수밖에 없는 일일지도 모를 일.

"그만큼 동경하던 곳이라 가게 된 것이 한없이 기쁘지만 내 환경은 결코 간단한 것이 아니었다. 내게는 젖먹이 어린아이까지 세 아이가 있고 오늘이 어떨지 내일이 어떨지 모르는 칠십 노모가 계셨다. 그러나 나는 심기일전의 파동을 금할 수 없었다. 내 일가족을 위하여, 나 자신을 위하여 드디어 떠나기를 결정하였다."

나혜석 지음, 『꽃의 파리행』, 구선아 엮음, 알비, 2019

사람들은 내게 용기 있다는 말을 종종 한다. 회사를 그만둔 것도, 학교에 간 것도, 책방을 연 것도, 가끔 새로운 일을 벌이는 것도.

"나 이번 일 한번 해 보고 싶어. 내가 할 수 있을까?"
"그래 한번 해 봐. 일단 해 봐야 알지."
"실패하면 어떡하지?"
"그럼 뭐, 어쩔 수 없지."
"……"
"그런데 말이야. 혹시 실패하지 않을 수도 있잖아."

"그렇지?"

"그럼. 생각보다 멋지게 해낼 수도 있어."

하고 싶은 일을 한다는 건 내가 돈을 많이 벌어 두었거나 정력이 좋아서, 진짜 용기가 충만해서가 아니다. 나중에 후회하지 않기 위해서다.

"아, 그때 해 볼걸……" 하고 후회하는 것보다 하고 나서 "이게 아니있네" 혹은 실패했어도 "그래도 재밌었지"라고 돌아보거나 "운이 없었어"라고 핑계를 대 보는 게 나으니까.

그리고 어쩌면 생각보다 멋지게 해낼 수도 있으니까.

"우리는 고유한 정체성이 있다고 배워 왔다. 그러나
인간은 순간순간 변하는 존재로 딱 정해진 것이 없다.
예를 들어, 어릴 때는 시금치를 아주 싫어했더라도
지금은 아주 좋아할 수 있다."

도미니크 로로 지음, 『지극히 적게』, 이주영 옮김, 북폴리오, 2013

회사를 그만두고 후회한 적 없냐는 질문을
아직도 종종 듣는다. 사실 왜 없겠는가. 월급날,
보너스날, 긴 휴가, 그리고 여러 혜택을 받으며
회사에 다니는 동료를 볼 때면 드문드문
다시 직장인으로서의 내 모습을 떠올려 본다.
대기업 로고가 박힌 명함, 적지 않은 월급, 영화
감독이나 뮤지컬 배우와 함께하는 술자리,
반짝이는 광고촬영 현장, 해외 출장 등
남들에게는 어쩌면 화려해 보이는 삶이었는지
모른다.
하지만 정작 그런 회사를 그만둔 걸 가장
후회하게 된 순간은 월급날이나 보너스가

나오는 날이 아니었다. 여러 명이 모인, 명함을 주고받는 자리에서였다. 굴지의 대기업 명함부터 꽤 이름이 알려진 스타트업, 경쟁률 세다는 공기관 명함이 각자의 손에서 손으로, 눈에서 눈으로 오갈 때. 나도 한때는 남부럽지 않은 명함이 있었는데…….
퇴사 후 오랫동안 명함이 없었다. 어느 기업의 어느 팀의 사원, 대리, 과장, 차장이 아닌 나를 뭐라고 규정해야 할지 혼란스러웠다. 작가, 기획자, 책방 운영자, 연구원 등 어느 것 하나 내 옷 같지 않았다. 책방과 관련된 미팅 자리에선 책방 운영자가 찍힌 명함을 사용했지만 명함을 받고 무시하는 듯한 시선을 던진 사람을 만난 후로 소심하게 꺼내기도 했다.
한국 사회에서 명함은 신분증과도 같다. 아니 신분이다. 손바닥보다 작은 종이에 적힌 회사 이름, 직함, 주소로 사람을 판단하고 평가한다. 지금의 모습만이 아니라 과거까지 추측하면서. 그러나 명함은 퇴사와 동시에 내 것이 아닌 것이 된다. 이제껏 내 것, 내 이름, 내 얼굴로 몇십 년 사용했을지라도 단숨에 내 것이 아니다. 사실 원래 내 것이 아니었을지 모른다. 내 것은 내가 만들고 내 이름은 내가 칭하고 내 얼굴은 내가 찾아야 한다. 누군가 나의 이름을 불러 주기 전에 내가 나의 이름을 불러 주어 꽃이 되어야 한다. 지금 나의 명함엔 "도시를 기록하고, 기억하는 일들을 합니다"라고 적혀 있다. 글을 쓰는 일도 책방을 운영하는 일도 도시를 공부하는 일도 기록하고 기억하기 위한 일이지 않을까. 언제 나의 명함 속 문구가 바뀔지 모르지만, 지금은 그냥 딱 이 정도가 내 모습이다.
이제 나는 어떤 명함을 가졌는가는 중요하지 않다.
나는 어떤 사람이 되고 싶은가 그리고 어떤 사람이 되기 위해 나아가는가를 생각한다.

"우리가 사는 것보다 파는 것을 더 좋아하게 된 심리적 근원은 기쁨보다 힘을 더 좋아하는 데 있다."

버트런드 러셀 지음, 『게으름에 대한 찬양』,
송은경 옮김, 사회평론, 2005

나는 혼자 일한다. 내가 쓰고 싶은 글을 혼자 쓰고, 생활자로서 돈을 받으며 글을 쓰거나 콘텐츠를 만들고 강연을 하고 공간을 운영한다. 혼자 일한다는 건 나에게 자유롭고 자연스러운 일이긴 하나 모든 게 좋은 것만은 아니다.
사소한 약속부터 중대한 결정까지 모든 걸 스스로 판단하고 책임져야 한다. 어쩌면 설레는 일이기도 하지만 어쩌면 무시무시한 일이기도 하다.
처음 회사를 그만두고 혼자 일하기 시작했을 땐 무보수로도 종종 일을 했고 나름 만족했다.
지면을 내어 주면 무료로 글을 썼고 함께했으면

좋겠다는 기획 일도 무료로 했다. 그땐 나를 찾아 주는 것만으로도 나를 인정해 주는 것 같았다. 그러나 이제 보수는 나의 가치를 인정하는 최소한의 기준이 되었다. 원고 청탁이나 일이 들어올 때 보수를 언급하지 않거나 좋은 일 하는 거니 재능 기부나 적은 보수를 말하는 경우가 꽤 있다. 예전에는 돈 이야기를 하는 것이 속물처럼 보여 하지 못했지만 요즘은 솔직하게 물어본다. 보수는 어떤지, 그리고 그 보수가 합당한지 아닌지를 따져 본다.

대학원 시절 오페라 무대 예술감독님의 어시스턴트를 했을 때였다. 내가 하는 일이라곤 무대 자료를 리서치하고 무대 도면을 그리고 수정하는 것이었다. 그러나 그때 처음으로 혼자 일하는 즐거움을 알게 됐다. 한옥 작업실도, 무대 도면도 멋졌지만 진짜 멋진 건 자신이 자신의 가치를 아는 것이다.

"보수가 중요해. 금액의 높고 낮음이 아니라 내 가치의 높고 낮음을 나타내거든."

그 후로 10년도 더 지난 지금에서야 그 말의

의미를 알아가고 있다. 내 존재는 내가 증명하는 것이 아니라 어쩌면 내 일의 값어치를 알아주는 사람이 증명해 주고 있는지도 모른다.
아마 당분간은 혼자 일하는 삶이 이어질 듯하다. 여행하듯 그렇게 조금 더 자유롭고 자연스럽게.
혼자 일하기를 추구하는 요즘이지만 오롯이 혼자 일할 수 없는 시대이기도 하다. 혼자와 혼자가 만나 함께 일하고 흩어지고 다시 함께하는 시대다. 내가 책방 운영자로 창작자를 만나고 편집자를 만나고 또 다른 기획자를 만나 내일을 꿈꾸는 것처럼.
혼자든 함께든 변하지 않는 건 나의 가치를 팔고 있다는 사실이다.

"나를 둘러싸고 있는 집은 적당히 아늑했고, 곁에는 숙면을 돕는 캐모마일 티 한 잔이 있다. 내일 출근 준비는 모두 마쳤고, 아침 식사도 바로 먹을 수 있도록 미리 준비해 냉장고에 넣어 두었다. 깊은 밤, 조용한 휴식을 방해하는 것은 아무것도 없다."

신미경 지음, 『뿌리가 튼튼한 사람이 되고 싶어』, 뜻밖, 2018

많은 사람들이 시간과 돈을 바꾼다. 나 역시 그랬다. 내 시간을 팔아 돈을 벌었다. 그리고 그 돈으로 다시 나의 시간을 사려 했다. 택시를 타고, 휴가를 가고, 쇼핑을 했다. 그렇다고 남들만큼 돈을 펑펑 쓰지도 못했다.
불안했으니까. 그냥 매일이 불안한 삶이 싫어 가장 안전할지도 모를 회사를 벗어났다.
회사를 다니며 일과 관련한 루틴은 많았다.
출근하자마자 마시는 커피, 퇴근 전 꼭 한번 다시 체크하는 이메일, 잠들기 전 내일 해야 할 일을 메모하는 것 등. 돌이켜보니 나를 위한 루틴은 없었다. 야근이 없는 날이면 꼭 누군가와 약속을 정하고 꼭 뭐라도 하고 집에 가던 그 시절과는 달리 지금의 나는 나를 위한 루틴이 많아졌다. 아침에 일어나 마시는 차 한 잔, 집을 나서기 전 고르는 책 한 권, 책방에 오자마자 오늘의 음악을 고르는 일, 매주 가장 맛있는 제철과일과 신선한 우유를 사 두는 일 등.
루틴은 안정적인 하루를 만든다. 나의 튼튼한 하루가 쌓여 나의 튼튼한 삶이 된다. 나를 위한 작은 행복은 내가 만드는 것이다. 신선한 사과 한 개, 따뜻한 차 한 잔, 좋아하는 음악 한 곡, 저녁 식사 후 잠깐의 동네 산책, 잠들기 전 읽는 책 몇 페이지. 사소한 행복을 하루 곳곳에 녹여 보자. 사소한 것이 더 큰 마음을 가져온다.

3. 좋아하는 일을 합니다

"별을 찾아 나설 때였다."

코랄리 빅포드 스미스 글·그림, 『여우와 별』,
최상희 옮김, 사계절, 2016

젊은 커플이 책방에 들어왔다.

책방을 두리번거리던 남자가 말했다.

"내가 꿈꾸는 삶이 여기 있어!"

남자가 꿈꾸는 삶은 무엇이었을까.

그가 책방에서 본 삶은 무엇이었을까.

"책방이나 출판 같은 일이 그다지 돈을 벌지 못한다는 사실이 세상에 널리 알려진 지금, 지극히 당연한 결론 같지만 좋아하지 않으면 해나갈 수 없다."

북쿠오카 엮음, 『책과 책방의 미래』, 권정애 옮김, 펄북스, 2017

책방 운영 시간이 아니어도 책방 업무와 관련된 전화가 온다. 가끔은 친구에게 전화하기도 미안한 밤늦은 시간에 전화벨이 울린다.

"책 한 권을 사고 싶은데 배송되나요?"
"예, 배송됩니다. 배송비 3,000원이고요. 5만 원부터 무료 배송이에요."
"좋은 일 하시는 건데 무료로 해 주시면 안 돼요?"

내가 책방을 하는 게 좋은 일을 하는 걸까?
작은 책방을 운영하다 보면 책방은 비영리라고 생각하는 손님을 자주 만난다. 그 이면에는

어차피 잘 팔리지 않는 책을 파는 곳이라는
생각이 있는 듯하다. 어떤 이는 비싼 취미생활을
하는 정도로 보기도 한다. 물론 돈 많이 벌기가
목표였다면 열지 않았을 책방이지만 어떻게
수익을 내지 않고 공간을 운영하겠는가.

"손님이 왔는데 책 설명 안 해 주시나요?"
"원하시는 책이나 찾는 책 있으세요?"
"아니요. 손님이 왔는데 아무 말이 없으셔서요."

천성이 친절하고 대면 서비스에 익숙한 사람이
있지만 그렇지 않은 사람도 있다. 나는 처음 만난
사람에게 다정하게 먼저 말을 건네는 게 어렵다.
낯을 가리기도 하고, 내가 손님으로 간 가게에서
주인이 너무 다정하게 말을 건네 오는 것도
부담스러워한다. 책방이든 무엇이든 운영자에
따라 운영방식에 개인차가 있는 것 아닐까.
나는 책방을 하며 세상을 이롭게 하겠다는
원대한 목표는 없다. 다만 나와 같은 개인이
세상에 휘둘리지 않으며 사는 데 조금의 기회와
선택지를 만들어 주고 싶을 뿐.
나는 좋은 일이 아닌 좋아하는 일을 하고 있다.

"인간은 자기 삶에서 단순함의 너른 빈터를 충분히 남겨두어야만 인간일 수 있기 때문이다. 그런데 현대의 수많은 발명품들은 인간의 의식을 약화시키고, 호기심을 무디게 하며, 대체로 인간을 가축에 더 가까운 쪽으로 몰아가는 경향을 보이고 있다."

조지 오웰 지음, 『나는 왜 쓰는가』, 이한중 옮김, 한겨레출판, 2010

어쩌다 보니 책과 함께하는 삶이다. 많이 읽진 못하지만 매일 읽는다.

나의 첫 책 읽기는 놀이였다. 아주 어린 시절 집에는 읽지 않은 브리태니커 백과사전 시리즈와 동화책, 그림책 시리즈가 새 책 그대로 책장에 오래도록 꽂혀 있었지만 그 누구도 나에게 책을 읽으라고 채근하지 않았다. 가끔 아빠는 나와 내 동생을 동네 책방에 데려가 다섯 권에서 열 권 정도의 책을 고르게 했다. 만화책, 로맨스 소설 관계없이 고른 책을 사 주셨다. 그때부터 책 읽기의 시작은 책을 고르는 것부터가 되었다. 놀이처럼 책방을 뒤지며 고른 책을 집에서 틈틈이 읽거나 읽지 않았다. 그리고 다음 책 사러 가는 날을 기다렸다. 중학교 때는 만화책에 심취했고, 고등학교 때는 소설을 읽었지만 책과 그리 가깝지 않은 학창 시절이었다.

두 번째 책 읽기는 지식 습득을 위해서였다. 대학교 입학 후 세상을 조금 더 명료하게 보고 싶어 책을 찾았다. 건축, 미술, 교양 도서를 주로 읽었고 문학은 쓸모없다며 멀리했다. 딱지처럼 상처가 굳은 10대를 보상받기 위해, 부스럼 없는 30대를 기대하며 읽었다.

세 번째 책 읽기는 치유 혹은 도피였다. 특별할 거라 기대했던 나의 20대가 특별하지 않은 걸 깨닫게 되면서 평범한 사람이 되기 힘들지도 모른다 생각했던 때였다. 나의 삶 속 위기마다 책이 있었지만, 그렇다고 책이 전부는 아니었다. 책이 내 삶을 버티게 한 힘은 아니었다. 다만 나의 가치가 떨어지지 않는다고 붙잡아 주었을 뿐. 나의 부스럼을 책이 조금은 걷어내 주었다. 누구의 삶도 가치 없는 삶은 없다고.

네 번째 책 읽기는 나를 깨워 주었다. 책은 내가 새롭지 않다고 말해 준다. 사람들을 만나다 보면 종종 오래전부터 있었던 학설이나 이야기를 자신의 것인 양 말하는 사람들이 있다. 뽐내기를 좋아하는 사람이라서가 아니라 안 읽은 사람이라서다. 새로운 것은 없다. 새롭다고 생각하는 오만함과 자만함을 두려워해야 한다. 그리고 지금은 그냥 읽는다. 읽어야 해서 읽고, 읽고 싶어 읽는다.

"미소, 웃음, 침묵, 무관심, 분노, 속삭임, 이메일,
문자전송, 스마트폰 컬러링, 선물 보내기와 같은 의지와
마음이 담긴 모든 행위가 바로 자신의 미디어가 된다."

김용길 지음, 『편집의 힘』, 행성B잎새, 2013

책과 책방을 좋아하지만 책방을 하게 될 줄은
몰랐다. 다만 책방을 열던 시기, 내가 하루하루를
선택하며 살고 싶었다.

"이제 현실이야. 현실을 봐야 해. 아무도
도와주지 않을 거야."

책방을 열고 한 달이 채 지나지 않아서부터
조금은 두려워졌지만, 나의 선택을 이어 나갔다.
큰 용기가 아니라 약간의 용기만 있으면
가능했다.
그렇게 어느새 내게 책방은 최고의 미디어가

됐다. 책방의 책, 프로그램, 분위기 그리고
공기까지 모든 게 나의 미디어가 된 셈이다.
처음 책방 문을 열 때만 해도 알지 못했다.
내 인생에 책과 책방이 이만큼이나 자리하게
될 줄은.

"마치 저승사자가 와서 나의 식물을 데려가기라도 한 것처럼, 혹시 정해진 운명인가 싶을 정도로 식물들은 어느 날 소리 없이 죽곤 했다."

정수진 지음, 박정은 그림, 『식물 저승사자』, 지콜론북, 2018

처음 책방을 열었을 때 책만큼이나 많은 식물과 함께했다.
식물은 책과 달라서 햇볕을 쐬고, 바람을 들이고, 물을 주어야 한다. 꽃이라면 시들기 전에 예쁘게 모양을 잡아 말려 줘야 했다. 그런데 이상하게도 만세선인장, 부채선인장, 스투키, 각종 다육식물과 고무나무, 유칼립투스 모두 어느 날 갑자기 죽어 버렸다.

"나 유치원 때 꽃집 주인이 꿈이었어."
"꽃집 주인은 우아해야 해. 물론 식물을 죽이지도 않지."

꽃을 한아름 들고 책방에 온 친구의 말에 난
우아해지기로 결심 따윈 하지 못했지만, 더 이상
내 손에서 식물이 죽지 않는 날을 상상했다.
그리고 많은 사람이 한 손에는 꽃을, 한 손에는
책을 든 세상을 상상한다. 그럼 우아하고도
날카로운 세상이 되지 않을까.

하루하루는 성실하게 인생 전체는 되는 대로

"내가 살면서 제일 황당한 것은 어른이 되었다는 느낌을 가진 적이 없다는 것이다. 결혼하고 직업을 갖고 애를 낳아 키우면서도, 옛날 보았던 어른들처럼 나는 우람하지도 단단하지도 못하고 늘 허약할 뿐이었다. 그러다 갑자기 늙어버렸다. 준비만 하다가."

황현산 지음, 『내가 모르는 것이 참 많다』, 난다, 2019

2018년 8월 9일 목요일. 책방 오픈 시간이 지나자마자 한 손님이 바삐 들어섰다. 바쁜 걸음과는 다르게 매우 천천히 두 권의 책을 골랐다. 그중 한 권의 책이 황현산 선생님의 『사소한 부탁』이었다. 아침에 일어나자마자 책방 SNS에 서툰 애도의 글을 올린 터라 우연히 책을 골랐는지 소식을 알고 골랐는지 궁금했다.

"황현산 선생님 아세요?"
"아…… 네."
"그럼 소식 들으셨어요?"

나와 눈이 마주치자마자 그녀의 눈이
촉촉해졌다. 그리고는 이내 떨리는 목소리로
말했다.

"아…… 사실 여기서 얼마 전에 이 책을 보고
처음 알았어요. 그때 책을 살까 말까
고민했거든요. 그래서 여기서 사야 할 것 같아서
왔어요."

생전에 뵌 적은 없지만 황현산 선생님은 나에겐
선생님이었다. 처음 어른의 글이 무언지 알게
했다. 우람하고 단단한 어른의 글이었다. 그리고
마지막으로 좋은 책을 쓰진 못해도 좋은 책을
고르고 싶은 마음을 주고 가셨다.
우람한 어른은 못 되어도 단단한 책방이
되어야겠다. 좋은 책을 골라야겠다.
선생님의 말씀처럼 하루하루는 성실하게 인생
전체는 되는 대로. 그렇게 살더라도.

"우리는 사건 없는 삶, 그러니까 다른 사람들의 삶과
맞물리지 않는 삶을 경험하고자 한다. 우리의 삶 속에
사건들을 가져오는 것은 다른 사람들의 삶이다."

가스통 바슐라르 지음, 『몽상의 시학』, 김웅권 옮김, 동문선, 2007

2018년 11월 24일 토요일, 서울에 첫눈이 내린 날.
아침에 외부 강의를 마치고 책방에 도착했다.
책방에 오면 문 앞 택배상자를 들이고 불을 켜고
음악을 튼다. 그런데 와이파이로 매일 재생하던
음악이 어떻게 해도 켜지지 않았다.
열두 시, KT 아현지사 건물 화재 발생으로 통신이
불가하다는 안내 문자가 소란스러운 알림음을
내며 전송되었다. 난 그때까지도 일시적인
문제겠지, 하며 대수롭지 않게 생각했다. 일단
점심을 일찍 먹고 책방의 늦은 오픈을 준비했다.
오픈하자마자 고등학생 또는 대학 신입생 정도로
보이는 남학생들이 책방을 찾았다. 책방은

와이파이로 연결된 카드기를 사용하고 있는지라 카드 결제가 불가능했고, KT 통신사를 사용하는 사람들은 계좌이체나 카카오페이도 불가능했다. 나는 다른 통신사 사용자라 휴대전화 사용이 다행히 가능했다. 음악 플레이어, 결제 시스템, 노트북 등 와이파이 가능 기기를 모두 내 휴대전화에 연결했다. 오픈 초반 빼고는 큰 문제 없이 운영이 가능했다. 물론 한 달 데이터 사용량을 여섯 시간 동안 모두 소진해 버렸지만. 하지만 현금이 없어 점심을 외상 했다는 손님, 못 먹었다는 손님, 유플러스 와이파이 존을 찾아 헤맸다는 손님, 휴대전화를 시계로 쓰고 있다는 손님, 불안하다는 손님, 친구가 약속에 늦고 있지만 연락이 안 된다는 손님을 종일 만났고, 책방 마감 후 찾아간 인근 식당과 카페는 오로지 현금 결제만 가능했으며, 주차장도 역시 현금 결제만 됐다. 화재는 열 시간 만에 진압됐지만 사고 이튿날에도 인근 지역은 문제가 해결되지 않았다.

현대 도시는 초연결되어 있다. 특히 메가시티일수록 연결망은 더 복잡하고 촘촘하다. 스카이스크래퍼일수록 ICT 기술에 의존하여 운영하고 있다. 그리고 점점 더 도시는 모든 분야에 있어서 기술과 통신에 의지하고 있다. 이번 사고는 단순히 안전관리의 소홀, 기업의 보상금액, 심리적 불안, 와이파이 난민의 등장, 경제활동과 수익의 감소, 도시 생활의 불편 문제로 끝나서는 안 된다. 도시 연구자는 물론, 기업과 행정도 도시에 관해, 도시의 삶에 관해, 도시의 미래에 관해 생각해야 한다.
인터넷망으로 초연결된 현대 도시의 재난은 더 이상 자연재해나 전쟁, 감염성 바이러스 등뿐만이 아니다. 우린 모두가 보이지 않는 선으로 연결되어 있었다.
이 작은 책방 하나까지도.

서른두 살의 남자와 서른아홉 살의 여자

> "가게를 지속한다는 것은 결승점이 없는 마라톤과 같다.
> 달릴수록 쾌감을 느낄 때처럼 기분 좋을 때도 있고,
> 괴롭고 괴로워서 견딜 수 없을 때도 있다."
>
> 야마시타 겐지 지음, 『서점의 일생』, 김승복 옮김, 유유, 2019

서른두 살의 남자와 서른아홉 살의 여자가 작은 책방에 있다. 책방을 손님으로 찾은 남자와 책방을 운영하는 여자다. 그는 가방을 의자에 내려놓고 천천히 책을 살핀다. 그녀는 그의 행동을 아랑곳하지 않고 열심히 노트북을 들여다보고 있다. 30분 정도 시간이 흘렀을까. 그는 그녀에게 묻는다.

"책 한 권 추천해 주시겠어요?"
"직접 읽으실 건가요, 선물하실 건가요?"
"제가 볼 거요."
"원하시는 장르나 키워드가 있으세요?"

"아니요."

"독립출판물도 괜찮으세요?"

"네, 저도 출판물 준비하고 있거든요."

"아, 그러세요? 최근에 본 독립출판물이 뭐예요?"

"독립출판물 사 본 적이 없어서 오늘 처음 사 보러 온 거예요. 뭐가 제일 잘 팔려요?"

그녀는 뭐라 할지 몰라 잠시 머뭇거린다. 그녀가 채 대답하기 전에 그는 보채듯 다시 묻는다.

"그런데 사장님은 안 계세요?"

"네? 제가 운영자인데요."

"아, 죄송해요. 알바인 줄 알았어요."

"하하, 아니에요. 가끔 그런 소리 들어요."

"되게 어려 보이는데……."

언짢은 기색을 비쳐야 할지 고맙다고 해야 할지 모르겠다는 표정으로 그를 바라보는 그녀다.

"이런 거 하려면 얼마나 드나? 홍대라서 비싸지 않나……."

"뭐 자리마다 다르죠. 월세가 100만 원 아래도

있고 1,000만 원 넘는 것도 있고."

"이런 거 해도 먹고살 수 있나……."

"먹고사니까 하지. 그리고 책방 안 해도 먹고살 수 있고."

자신보다 어리다고 생각해 반말을 하는 건지, 아니면 혼잣말을 하는 건지 모르겠다. 그녀도 언짢은 기색을 비치며 똑같이 반말을 했다.

"제가 책 내면 받아 주실 거죠?"

"모든 출판물을 다룰 수는 없어서요. 이메일로 주시면 검토하고 연락 드려요."

"안 받기도 하나요?"

"그럼요."

"왜요?"

"책방과 안 어울리거나 제 취향이 아니면 안 받기도 하죠."

"제 책은 잘 팔릴 텐데요?"

"하하, 모두가 처음엔 그렇게 생각해요."

"제 책은 다를 거예요."

"하지만 1년 넘게 한 권도 안 팔리는 책이 허다한 걸요."

"저도 책방이나 하면서 글이나 쓸까 봐요."

그녀는 그가 책을 안 사도 좋으니 얼른 책방에서 나가 줬으면 좋겠다고 생각했다.

"위에서 아래로 지시하는 중앙집중식 처방과 달리
지역화는 다양한 공동체가 스스로 미래를 정하고
추구할 기회를 창출할 수 있습니다."

헬레나 노르베리 호지 지음, 『로컬의 미래』,
최요한 옮김, 남해의봄날, 2018

서울을 좋아한다.

서울의 동네를 좋아한다.

서울 동네의 골목을 좋아한다.

서울 동네의 골목은 아직 수많은 이야기와 기회가 있다.

서울에서 가장 많이 드나드는 골목은 단연 책방이 위치한 홍대다. 홍대는 해방의 장소다. 자유의 장소다. 내가 좀 별나도 괜찮은 익명의 장소다. 홍대가 이런 장소가 된 것은 근 10~20년이 아니다. 근대가 도래하던 시기, 양화진이 외국인들에게 개방되고 철도가 보급되면서 지금의 홍대가 시작됐다. 1950~60년대는 주거지, 1970~80년대는 미술 문화, 1990 년대부터는 카페와 클럽 문화가 생겨났고, 이후 다시 외국인들이 찾는 제1의 관광지가 되었다. 자연스레 게스트하우스, 부티크 호텔이 자리를 차지하고, 독립서점, 편집숍, 카페, 취향 공간이 늘어나며 새로운 인디 문화를 생산하고 있다. 물론 대기업 브랜드와 프랜차이즈 음식점이 즐비한 어마어마한 상권이 있기도 하지만, 아직도 홍대의 뒷골목엔 저마다 다른 이야기가 층층이 있다. 매끈한 공간은 아니지만, 이야기로 주름진 공간이다. 서울의 어느 골목들은 금세 뜨고 진다. 하지만 홍대는 이 주름진 이야기들 때문에 지지 않을 것이다.

물론 임대료 상승으로 인한 이전과 건물주와의 분쟁이 심심치 않게 들리는 건 다른 핫플레이스와 마찬가지다. 오래도록 시들지 않을 동네가 되려면 다양한 문화가 생산되고 소비되어야 한다. 문화의 생산과 소비는 멋들어진 건물 몇 개로 만들어지지 않는다. 다양한 창작자 혹은 공동체가 머물러야 한다.

"여기 월세 비싸지 않아요?"

"옆 건물 2층 월세가 얼마래요."

"요 앞 건물이 얼마에 팔렸대요."

이런 이야기에 조바심 내지 않고 오래도록
홍대에 머무르고 싶다.

"사시는 동안 적게 일하시고 많이 버세요."

장류진 지음, 『일의 기쁨과 슬픔』, 창비, 2019

작은 책방을 운영하는 일은 그리 간단하지 않다. 아니 사실 매우 힘들다. 책을 고르고, 사고파는 일 외에 수많은 작은 일이 뒤따른다. 어느 날은 책 열 권 팔기도 힘겹고 열 권 팔아도 수익은 고작 3, 4만 원이다. 적게 일하고 많이 버는 건 상상할 수도 없고, 많이 일하고 적게 버는 게 보통인 일이 바로 책방 일이다.

책방 주인이 꿈인 적 없던 내가 회사를 그만두고 책방을 연 것은, 적게 일하고 나를 위한 시간을 쓰기 위해서였다. 책방을 하면 좀 더 공부할 수 있고, 책을 읽고 글을 쓸 시간이 생기리라고 생각했다. 그러나 책방 일은 어느새 내 일상의 큰 구심이자, 설레면서도 불안한 일이 되었다.
아마 욕심이 생기면서부터였던 것 같다. 좋은 책을 고르고 많이 팔고 영향력을 가진 책방이 되기 위해 속없던 낭만은 버렸다. 약간의 낭만적 분위기만 남겨 둔 채.
다중의 정체성으로 살아가는 내게 책방 역시 하나의 일일 뿐이라고 말하지만, 실은 자주 책방에 전전긍긍한다. 지금도 텅 빈 책방을 보며 불안해하고 있다.
하지만 적어도 내가 바라는 삶, 읽고 쓰는 삶을 살고 있다며 불안을 안도시킨다.
어차피 내일은 알 수 없지 않은가. 모든 내일은 불안한 법이니까.

"약속해, 어떤 가정법도 사용하지 않기로. 그때 무언가를 했더라면, 혹은 하지 않았더라면, 그런 말들로 우리 스스로를 괴롭히지 않기로 해. 가정법은 감옥이야. 그걸로는 어디에도 닿을 수가 없어."

윤이형 지음, 『작은마음동호회』, 문학동네, 2019

마음이 있으면 할 수 있다.
그 무엇도 마음이 있으면 할 수 있다.
누군가 나와의 약속을 지키지 않거나,
대수롭지 않게 생각하거나,
바쁘다는 핑계를 댄다면 마음이 없는 것이다.
바쁘지 않은 사람이 어디 있는가.
크고 작은 마음이 있을 뿐이다.
회사를 그만두고 작은 카페를 2년째 운영하는
주인이 말했다.

"꼭 올 거라 생각한 사람은 안 오더라고요. 나름 친하다고 생각했는데."

"저도 그래요. 친한 게 아니었나 봐요."
"친하다는 게 뭔지 모르겠어요."
"이젠 친구나 지인보다 일 때문에 알게 된 사람을 더 자주 만나요."
"전 저만 그런 줄 알았어요."

책방 운영 4년차. 책방 문을 연 첫해엔 매일 누군가를 기다렸다. 내가 새로운 일을 시작하는데 오지 않을 리 없다고 믿으면서. 분명 우린 꽤 친했고, 서로를 응원했고, 앞날을 함께 고민했다. 하지만 한 해가 지나고 또 한 해가 지나면서 더 이상 누군가가, 누군가에게, 누군가의 마음을 주는 일을 기다리지 않게 되었다. 기다리는 건 스스로를 괴롭히는 일이었다.
사람들은 생각보다 나에게 마음이 없다. 애써 관심 있는 척, 도와주려는 척, 응원하는 척, 함께하는 척하지만 진짜 마음을 내어 주기는 힘들다. 그러니 상대방이 무심코 던진 말에 기대하지 말자. 아마 그는 자신이 살짝 꺼냈던 마음을 기억조차 못 할지 모른다.

"내일 내 마음은 또 어떤 방향으로 흐를지 모르겠지만,
오늘 하루는 이 취향 덕분에 나 다울 수 있었으니까.
근사하지 않아도, 우아하지 않아도, 대단하지 않아도,
완벽하지 않아도 바로 그 취향이 오늘, 가장 나 다운
하루를 살게 했으니까."

김민철 지음, 『하루의 취향』, 북라이프, 2018

얼마 전 책방으로 입고 문의 온 독립출판물 하나를 냉큼 받았다. 작은 책방이지만 열 권의 문의 중 한두 권 입고시키기 때문에 나름 치열하다. 그러나 빠른 클릭으로 회신을 한 이유는 대학 때 토이의 '길에서 만나다'에 꽂혀 독립영화까지 제작했다는 제작자 소개 때문이었다.

토이는 내가 아주 어릴 적 꼬꼬마 시절부터 좋아한 뮤지션이다. 조용히 좋아했지만 누구보다 좋아했던 토이. 처음 용돈을 모아 피아노 악보를 산 것이 '여전히 아름다운지'였고, 처음 연주곡을 듣기 시작한 것은 '여름날'이었으며, 싸이월드

배경음악도 오랫동안 '뜨거운 안녕'이었다.
유희열의 삽화집 『익숙한 그 집 앞』을 얻기 위해
청계천 헌책방도 처음으로 가 봤다. 그렇게
토이는 내 음악 취향을 만들어 주었고 지금도
지속시켜 주고 있다.
취향은 자신을 드러낸다. 소비하는 것이 취향은
아니다. 칸트는 취향이 미를 판정하는
능력이라고 보았으나 미적 판단만이 취향은
아니며, 부르디외는 사회적 차이로 인한 취향을
주장했지만 나와 너의 구분 감각 때문만도
아니다. 물론 구별 짓기를 위한 취향에 일부
공감하지만 취향과 계급이 완벽히 일치하진
않는다.
요즘 사회는 취향을 강요한다. 취향을 찾아야
한다고 여기저기서 강요한다. 그러나 취향은
한순간에 만들어지지 않는다. 과거의
경험으로부터 영향을 받고, 나아가는 삶의
방향에 영향을 미친다. 그러니 휩쓸리지 말아야
한다. 가공된 것에 사로잡히지 말아야 한다. 조금
촌스러워도 남들과 달라도 유행에 뒤떨어져도
된다.
라 로슈푸코는 우리의 자기애는 우리의 견해가

비난받을 때보다도 우리의 취향이 비난받을 때 못 견디게 괴로워한다고 말했다. 그냥 나를 인정하듯 나의 취향도 그대로 인정하자. 나를 나에게 꾸밀 필요도 없다. 남에게 보여 줄 필요도 없다. 좋은 척 취향인 척하지 말자. 어차피 뭐 하는 척은 곧 들통나기 마련이다.

"저마다의 일생에는 특히 그 일생이 동터 오르는 여명기에는 모든 것을 결정짓는 한 순간이 있다."

장 그르니에 지음, 『섬』, 김화영 옮김, 민음사, 2008

수년 전, 어느 감독님과의 술자리에서였다. 이미 술기운이 흥건하게 올라와 정확한 문장은 기억 못하지만 그 의미와 그 말을 하던 눈만큼은 또렷하게 기억한다.

"사람들에게 내 일 얘기를 하면 일 얘기로만 받아들여. 대수롭지 않게 듣고 흘려버리지. 난 그게 참 마음이 그렇다. 난 일이 아니라 나의 꿈을 이야기하는 건데 말이야."

그 후로 한참 동안 나는 누군가 나에게 일 이야기를 할 때 그의 꿈이 아닐까 하는 생각을

했다. 회사에 있을 때라 이야기를 듣는 일이 많던
때다.
지금은 듣기보단 말하는 일이 조금 더 많아졌다.
그래서 그때 그 말이 더욱 생각난다. 책과 관련한
일, 책방과 관련한 일, 도시와 관련한 일. 누구를
만나도 신나게 일 이야기를 하곤 한다. 하다 보니
나도 어느새 내 꿈을 말하고 있었다.
생각해 보니 어느 한 순간도 꿈이 아닌 적이
없었다. 그러나 함께 일을 하고 싶은, 함께 앞으로
나아가는 좋은 파트너를 만난다는 건 무척이나
어려운 일이라는 것, 배우자를 만나는 것만큼
어렵다는 걸 알지만 가끔 나의 일을 듣는 척하는
사람을 만나면 힘이 빠지는 게 사실이다.
이젠 제대로 말해야겠다.

"잘 들어 주세요. 이건 제 꿈입니다."

"길이 없었다 발붙일 곳이 없었다 걸어갔다 첫발을 떼고 두 번째 발을 디디고 세 번째 발을 구르고 네 번째 발을 뻗었다 발을 벗고 발들을 벗고 나섰다 발이 닳고 있었다 걸어갔다."

오은 지음, 『나는 이름이 있었다』 중 「산책하는 사람」, 아침달, 2018

직장에 다니면서도 퇴사를 하고서도 책방을 열면서도 글을 쓰면서도 매일 나는 '나의 일'에 대해 생각했다.

"재미있는 일을 해야지."
"세상에 재미있는 일을 하며 돈을 버는 사람이 얼마나 되겠어."
"돈을 버는 건 모두 힘든 일이야. 그렇다면 조금이라도 내 일을 해야 하지 않을까."
"어차피 일은 다 재미없어."

일하지 않고는 살 수 없지만 어떠한 일도 개인의

만족과 행복을 채우지 못하는 세상이다. 하지만 사회가 원하는 대로 일할 필요가 없는 세상이 된 것도 사실이다. 어차피 그렇게 일해도 세상이 말하는 성공에 가까이 갈 확률이 높아지지도 않으니까.
그렇다고 퇴사를 하거나 세계여행을 떠나거나 하고 싶은 것만 하자는 의미는 아니다. 나의 진짜 일이 대기업 임원일 수도 있지만, 공무원, 만화작가, 디자이너, 누드모델, 청소부가 될 수도 있다. 재미가 없어도 좋아하는 일이 아니어도 나의 진짜 일이 될 수 있다.
진짜 일이란 결국 나의 길을 내가 가는 것. 비록 없던 길이었을지라도 첫발, 두 번째 발, 세 번째 발, 네 번째 발 그리고 다섯 번째 발을 디딜 수 있는 것.
내 발이 닳아도 가 보고 싶은 그런 것.

"감당할 수 있는 것만 하기로 했다. 문제들을 끌어안고 끙끙거리면서 그게 열심히 사는 거라고 착각했던 어리석음을 버리기로 했다."

라문숙 지음, 『깊이에 눈뜨는 시간』, 은행나무, 2019

"어떻게 그렇게 많은 일을 하세요?"

"아니에요. 들여다보면 한 가지 일이에요."

"진짜 바쁘실 것 같아요."

"보기보다 진짜 안 바빠요."

"저도 열심히 살아야겠어요."

"저 보기보다 엉망진창으로 살아요."

사람들은 꽤 자주 묻는다. 한 사람이 여러 일을 하는 N잡러 시대라지만 아직 낯선 시선으로 보는 이가 많다. 그러나 내 입장에서는 모두 한 가지 일, 읽고 쓰는 일이다.

한때는 남들에게 인정받는 일, 화려한 일을 하고

싶었다. 돈도 많이 벌고 싶었다. 그 안에서 어떤 일이든 내 힘으로 해내고 싶었다. 감당하기 버거운 일도 내가 해내야만 그게 일을 잘하는 거라고 생각했다.

하지만 이제 나는 나에게 버거운 일이나 설득이 되지 않는 일은 하지 않는다. 밖에선 엄청나게 많은 일을 혼자 하는 것처럼 보일지 몰라도 안에선 딱 내가 할 수 있는 정도만 한다. 물론 하고 싶은데 시간이, 돈이, 체력이, 사람이 없어서 못 하는 일도 더러 있다. '시간이, 돈이, 체력이, 사람이 그 무엇 한두 개만 있어도……'라고 생각하며 끙끙거리던 때도 있었다.

소설가 로맹 롤랑이 "자신이 할 수 있는 일을 하는 사람이 영웅"이라고 말한 것처럼 지금 나는 내가 할 수 있는 일을 한다. 딱 그만큼이다.

"저는 무척 행복합니다. 저는 행복해지고 싶은 마음 없이 살아왔는데 행복하니 기분이 좀 묘합니다. 행복을 얻기 위해서는 행복을 얻고 싶다고 생각하지 않는 게 좋습니다. 행복을 얻고 싶어하는 사람에게 그렇게 가르쳐 주세요."

사노 요코, 최정호 지음, 『친애하는 미스터 최』,
요시카와 나기 옮김, 남해의봄날, 2019

누군가 물었다.

"책방도 글쓰기도 쫓기지 않고 하는 것 같아요. 어떤 비결이 있나요?"
"아니에요. 저도 매일 쫓겨요. 그런데 매일 생각해요. 흔들리지 말아야지, 내가 할 수 있는 일을 해야지, 하고요. 사실 어느 책방이 넓은 곳으로 이사 간다더라, 이런 일을 한다더라, 들으면 초조해져요. 그리고 좋은 글이나 책을 보면 샘도 나고요."

나는 매일 쫓긴다.

타인에 의해서도 스스로도 쫓고 쫓긴다.

하지만 달아나지 않는다.

매 순간 쫓기지만 쫓지 않기로 했다.

쫓기는 삶이 아닌 나아가는 삶을 위해.

나의 방향과 속력으로.

"욕망으로 인해 우리는 불행해지기도 하지만 욕망으로 인해 앞으로 나아가기도 하기에. 욕망은 삶을 향한 엔진이다. 욕망이 없는 삶을 나는 상상할 수 없다. 단지 어떤 욕망을 버리고, 어떤 욕망을 선택할 것인가를 고민한다."

김남희 지음, 『여행할 땐, 책』, 수오서재, 2019

요즘 세상은 워라밸과 퇴사, 여행은 쿨한 것으로, 열심히 사는 사람은 구식으로 본다. 하지만 우린 모두 각자의 욕망으로 살아간다. 선택지와 과정과 결과가 모두 다를 뿐, 욕망 없이 어떻게 살아갈 수 있는가. 욕망은 생리적·생물적 욕구나 일시적인 충동과는 달리 사회적 관계 속에 놓여 있어 상호 영향을 받는다. 능력과 직업에 따라 욕망이 구분되기도 하고, 특히 요즘처럼 다 정체성을 갖고 다량의 정보가 쏟아지는 사회에선 욕망이 더 다양해지고 분화된다.
나 역시 욕망에 가득 차 있다. 작가로, 기획자로, 책방 운영자로, 연구자로, 그리고 딸과 아내로,

그 어느 것 하나 놓치고 싶지 않아 가끔은 균형
잡기가 어려워 휘청거린다.
욕망의 발화는 내가 어떤 나를 선택하느냐에서
시작된다. 어떤 욕망의 선택 앞에 방황하는 것은
모순된 욕망 때문이며, 어떤 욕망의 선택 앞에
흔들리는 것은 더 절실한 욕망을 찾지 못했기
때문이다. 즐기듯 책방을 운영하고 싶은 내가
남부럽지 않은 영향력을 가진 책방을 꿈꾸듯이,
당장 오늘의 글쓰기가 좋은 내가 학계에서도
인정받는 연구자가 되길 바라듯이, 여행하듯
살길 바라는 내가 안락한 집과 일상의 루틴이
중요하듯이.
욕망은 상황과 대상에 따라 달라진다. 하나의
욕망이 충족되면 또 다른 욕망이 샘솟게 된다.
어쩌면 영영 충족될 수 없는 게 욕망일지 모른다.
그렇다고 욕망을 버릴 순 없다. 때론 욕망이
오늘을 살아갈 힘이 되어 주니까. 그 욕망을 위해
열심히 살아도 된다.

"신은 사실 인간이 감당키 어려울 만큼이나 긴 시간을 누구에게나 주고 있었다. 즉, 누구에게라도 새로 사 온 치약만큼이나 완벽하고 풍부한 시간이 주어져 있었던 것이다. 시간이 없다는 것은 시간에 쫓긴다는 것은 돈을 대가로 누군가에게 자신의 시간을 팔고 있기 때문이다."

박민규 지음, 『삼미 슈퍼스타즈의 마지막 팬클럽』, 한겨레출판, 2017

돈을 대가로 시간을 파는 사람들.
그리고 다시 시간을 사기 위해 돈을 쓰는 사람들.
나도 회사 생활을 하며 내 능력을 판 게 아니라 내 시간을 판 것이었을까. 그래도 내 능력을 조금은 팔지 않았을까. 하지만 난 지금도 시간에 쫓기지 않기 위해 부단히 시간과 맞선다.
나풀거리는 시간을 손에 붙잡진 못해도 끊임없이 시간 속에서 나를 가다듬는다.

"시간을 어떻게 사용하세요? 철저하게 시간을 관리할 거 같아요."
"전혀 아니에요. 전 내일 할 수 있는 일은 내일

하는 편이거든요."

"그런데 다른 사람보다 시간이 많은 것처럼 여러 일을 하시잖아요."

"그건 제가 못 하는 일, 하고 싶지 않은 일은 최대한 하지 않아서일 거예요."

누구에게나 똑같이 주어진 시간이다. 그 시간 안에서 그대로 둘 것과 버릴 것, 늘일 것이 있을 뿐. 가끔 그대로 흐르도록 시간을 보낼지언정, 남을 위해 내 시간을 팔지 않는다. 오늘도 잠자리에 들며 안도한다.
오늘도 난 나의 오늘을 살았다.

"순간을 붙잡으라는 말이 있잖아, 나는 그 반대라고 생각해. 순간이 우릴 붙잡는 거야."

영화 「보이후드」 중에서

모든 순간이 나를 붙잡고,

나를 붙잡은 순간이 모여 나의 하루가 된다.

"하고 싶은 일을 하는 일상이라고 항상 순탄하지는 않습니다. 일은 주가처럼 등락이 있어요. 힘들다가도 잘 풀릴 때가 있고 진행이 원만한 것 같다가 어그러지기도 하고요. 모든 게 귀찮고 싫어지는 날도 있어요. 그런 날이 지속되는 시기를 우리는 슬럼프라고 부르지요. 좋아하는 일을 해도 슬럼프가 옵니다."

김영숙 지음, 『내게 맞는 일을 하고 싶어』, 해의시간, 2019

"안녕하세요. 저는 작가이자 기획자이고 작은 책방을 운영하고 있습니다."

요즘 나를 소개하는 첫 마디이다. 나의 정체성 중 작가가 맨 앞에 놓인다는 것은 그만큼 나에게 가장 중요한 일이며 귀찮고 싫어지는 날이 오더라도 결코 변하지 않을 일이기 때문이다. 하지만 2016년 나의 첫 책이 나오고 몇 년이 지났음에도 가끔 내가 나를 작가라고 소개하며 겸연쩍을 때가 있다. 등단한 작가도 유명한 작가도 책이 몇십 쇄씩 잘 팔리는 작가도 아니기 때문일까. 몇 번의 말 없는 거절과 곧 죽어도 날

작가라고 부르지 않는 사람들 때문일까. 한번은
책방에서 연 북토크에 온 작가는 나를 글을 쓰고
책도 낸다고 소개하는 출판사 직원의 말에
들리지 않는 콧방귀를 뀌었다.

책방 운영도 마찬가지다. 누군가는 서울의 꽤
크고 잘나가는 책방과 비교하며 내가 운영 중인
책방을 은근슬쩍 깎아내린다. 책방을 운영해
본 적 없는 사람들조차 매출과 규모를 운운하며
비교하기 바쁘다. 처음 책방을 열며 퇴직금의
100원도 책방의 시작에 쓰지 않았다. 책방 역시
규모의 경제 안에 들어 있지만 처음부터 대규모
경영의 이익은 염두에 두지 않았다. 언젠가 어느
출판사와 어느 독립출판 작가는 자신의 책이
A서점에서는 잘 팔리는데 왜 여기선 안
팔리느냐며 책방을 탓했고, 거래조건을 달리
두기도 했다. 나는 잘 팔리는 책보다 내가 추천한
책이 잘 팔리는 책방이 되길 바라며, 다른 책방을
따라가는 게 아니라 나의 책방이 스스로
나아가길 바랐다.

회사를 그만두는 이유가 일이 아닌 사람
때문이라고 했던가. 하고 싶은 일을 하는
일상이라도 내 하루가 어그러지는 것만 같은

기분이 드는 건 사람 때문이다. 사람 때문에 가끔 지레 혼자 주눅이 들기도 한다.
하지만 어차피 그 누구의 것도 아닌 나의 글이고 나의 책방 아닌가. 일일이 상처받지 말자. 하고 싶은 일을 하고 싶은 대로 해도 괜찮다. 조금은 능청스럽거나 수줍지만 당당해도 된다.

"책은 고상한 것이 아니고, 오히려 그 반대가 아닐까 생각하게 되었습니다. 눈앞의 욕망을 충족시켜 주는 게 아닐까 하고 말이죠."

하나다 나나코, 기타다 히로미쓰, 아야메 요시노부 지음, 구로기 마사미 그림, 『꿈의 서점』, 임윤정 옮김, 아트북스, 2018

책은 고전적 가치에서 벗어나고 있다. 아니 벗어났다. 지식인들의 전유물이었던 시대를 넘어 지식과 정보, 자기성장을 위해 붙잡았던 시대를 지나 고상함을 벗었다. 많은 사람이 책을 읽어야 한다, 책이 중요하다 말하지만 정작 책을 읽는 사람도 횟수도 줄어들고 있다. 이 세상엔 너무 볼 게 많고 할 게 많으니까 책 읽기까지 순서가 돌아가지 않는다. 하지만 인스타그램엔 점점 책 사진이 많아지고 점점 자신의 이야기를 책으로 내고 싶어 하는 사람은 많아지고 있다. 그렇다고 그 모두가 책을 좋아하는 건 아니다. 그중엔 책을 전혀 사지 않거나 읽지 않는 사람도 많다. 자신을 보여 주기 위해 책을 사고, 읽고, 쓰는 시대가 된 것이다.
자신을 보여 주고 싶은 욕망은 어디서 시작된 것일까.
나 역시 돌이켜보니 불안과 욕망 사이 어느 경계에선가 책 읽기와 글쓰기가 시작되었다.
내가 책을 읽기 시작한 건 미래에 대한 불안 때문이었고, 글을 쓰기 시작한 건 나에 대한 불안 때문이었다.
더 많이 책을 읽으려 노력한 건 더 나은 삶을 위한 욕망이었으며, 더 많은 글을 쓰기 시작한 건 새로운 삶에 관한 욕망 때문이었는지 모른다.
책이 나에겐 불안과 욕망을 채워 주는 아편과도 같다.
그러나 욕망을 좇아 책을 읽고 쓰며 나는 이제야 불안하지만 부끄럽지 않고, 불안정하지만 불편하지 않고, 불완전하지만 자유로워지기 시작했다.

"독서와 걷기에는 묘한 공통점이 있다. 인생에 꼭 필요한 것이지만 '저는 그럴 시간이 없는데요'라는 핑계를 대기 쉬운 분야라는 점이다. 하지만 잘 살펴보면 하루에 20쪽 정도 책 읽을 시간, 삼십 분가량 걸을 시간은 누구에게나 있다."

하정우 지음, 『걷는 사람, 하정우』, 문학동네, 2018

하정우라는 배우를 좋아한다. 하지만 그가 책을 출간했다는 소식을 듣고 인지도와 인기에 기댄 신변잡기의 글이 아닐까 생각했다. 하지만 책방 독서 모임에서 한 참가자가 인생 책으로 꼽은 것을 보고 너무 궁금해 집으로 가는 길에 책을 주문했다.

책을 처음 마주하자마자 티베트어로 인간은 '걷는 존재' 혹은 '걸으면서 방황하는 존재'라는 설명에 책장을 열기도 전에 가슴이 뻐근해졌다. 나는 운전을 하지 않기 때문에 집 밖을 혼자 나서면 하루 30분은 거뜬히 걷는다. 20대 때 횡단보도를 건너다 교통사고를 당한 후로 운전에 대한 공포가 무럭무럭 자라났다. 나는 귀찮음이 많은 성격이지만 소풍, 산책, 여행 이런 것들을 좋아한다. 걸으면서 느껴지는 바람, 냄새, 공기가 좋다. 나는 낯선 나라에 가도 배낭 여행자처럼 여행한다. 택시나 렌터카보단 대중교통이나 걷기를 택한다. 오사카 여행에선 하루에 7만 보를 걸었고 다낭 여행에선 걷기와 오토바이만 이용했다. 걷는 걸 좋아하는 건지, 걸을 수밖에 없는 건지, 걷기를 통해 이루는 결과가 좋아서인지는 모르겠다.

하지만 나는 매일 걷는다. 매일 다른 발을 내딛는다. 매일 그렇게 걸어 나간다. 비록 지금은 볼품없고 하찮은 나인 것 같아도 걸으면 걸어 나가는 만큼 나아갈 수 있지 않을까.

"나는 지금 어떤 시절을 그리워하는 자세로 창밖을 바라보고 있습니다. 나는 여행이 더 간절하고 나는 갈수록 당신을 더 사랑하는 것 같습니다. 일단 가 보겠습니다. 가 보면 알겠지요. 끝까지 가 보면 알게 되겠지요."

최갑수 지음, 『밤의 공항에서』, 보다북스, 2019

한때 여행 작가를 꿈꾸었다. 매일 여행하고 매일 글을 쓰고 매일 사진을 찍는, 매일이 낯설지만 설레는 삶. 도시 곳곳을 걸으며 새로운 삶을 만나는 삶. 그러나 몇 번의 여행 끝에 알게 됐다.
'난 여행 작가가 될 수 없겠구나.'
난 매일 여행할 수 없었고, 매일 글을 쓸 수 없었고, 매일 사진 찍을 수도 없었다. 난 여행지에서의 순간을 그냥 그대로 나를 위해 누리고 싶은 여행자였다. 맛있는 음식이 나오면 손이 먼저 가고, 멋진 풍경을 보면 마냥 바라보고, 친절한 사람을 만나면 그저 웃어 보이는 여행자였다.

열심히 며칠간 짠 일정표를 지키는 건 매우 어려웠고, 돌아가는 비행기에선 매번 집을 그리워했다. 여행을 기록했지만 다른 이를 위한 글이 아니라 오롯이 나를 위한 글이었다.
나는 여행이 늘 간절하다기보단 여행지에서 사랑하는 사람과 보냈던 행복했던 시간이 문득 떠오를 때에야 여행이 그리워진다. 그리고 비로소 알았다. 나에겐 낯선 여행이 설레는 여행이 아니었다. 함께하는 여행이 설레는 여행이었다.
나는 지금 인터넷 창을 열고 비행기 표를 검색한다.
'2020년 몇 월 며칠부터 몇 월 며칠까지, 출발 인천, 도착 이곳저곳'
보여 주기 위한 여행이 아닌 진짜 행복한 여행을 위해 떠날 것이다. 영화 「어바웃 타임」의 대사처럼 '우리가 할 수 있는 최선은 이 멋진 여행을 즐기는 것'뿐이다. 우리 인생의 하루하루를. 사랑하는 사람과 함께. 나를 사랑하는 사람과 함께.

"매일 하나 이상의 시도와 실패가 있다. 내 안에서의 시도와, 실패 혹은 선택되지 않았거나 거절당했거나 떨어졌다는 외부에서 오는 실패의 소식들을 듣는다."

김종관 지음, 『골목 바이 골목』, 그책, 2017

유명 방송인이 말했다.

"제가 박보검과 사귈 수 있는 확률이 얼마나 될까요?"
"0퍼센트요."
"그렇죠. 0퍼센트죠. 하지만 제가 고백하면 그 확률은 50퍼센트가 됩니다. 차이거나 사귀거나."

시도와 실패. 반대말 같지만 연계어인 말.
어릴 적부터 자존심이 셌던 나는 지는 일이 싫어 실패하지 않을 일을 선택했다. 조금 커서는 거절당하는 일이 싫어 좀처럼 부탁을 하는 일이 없었다. 내 안에서의 시도와 실패보다 외부에서 보이는 시도와 외부에서 오는 실패가 크게 작용했던 탓이다. 하지만 문은 두드려야만 열린다는 걸 알고 난 후, 나는 오래 고민하고 생각하기 전에 먼저 움직이기로 했다. 거절당하더라도 실패하더라도 일단 움직여 본다. 입학과 입사, 결혼과 퇴사, 창업 등 삶의 굵직한 선택을 내일 아침 입을 옷을 고르듯 쉽게 한 것처럼 보이는 나였기에 누구는 "우주가 너를 중심으로 움직이나 봐. 하고 싶은 일을 모두 하잖아"라는 소리를 하기도 했지만 실은 그 안에 수많은 시도와 선택 그리고 실패가 있었다. 그리고 사실 내일 무엇을 입을지 고르는 일은 그리 쉽지 않다. 신발을 신고 현관문을 나서기 직전까지 고민을 하고 바꿔 입기도 하니까. 더군다나 요즘은 글을 쓰며 점점 내 안의 시도와 선택이 중요함을 더욱 생각한다. 다른 사람은 알지 못하는 아주 작은 것의 중대함. '나'와 '나는'의 다름, '하지만'과 '그러나'의 다름, '그'와 '당신'의 다름, '콤마'와 '마침표'의 다름. 그 다름의 중대함은 다른 사람과 나에겐 얼마만큼일지. 아직도 나는 매일 시도를 하고 선택을 한다.

때문에 실패의 소식도 매일 듣는다. 반복되는 실패에도 반복하여 새로운 일을 시도하는 이유는 실패의 소식에 담담해져서가 아니라 다시 시도할 수 있는 힘이 조금은 나에게 생긴 때문이다.

그렇게 나는 오늘도 실패의 소식을 들었다.

"좋은 소설을 쓰시오."

박태원 지음, 『소설가 구보씨의 일일』, 깊은샘, 1999

건축을 공부하면서 근대 건축에 흥미를 느꼈고
근대 소설에 관심을 가졌다. 근대 도시가
사람들에게 많은 영감을 준 것은 의심의 여지
없는 사실이다. 그게 누군가에겐 희망이자,
꿈, 또 누군가에겐 아픔이자, 모멸감이었지만
말이다.
근대 텍스트 중 근대의 서울, 경성을 읽어 내듯
담은 박태원의 글이 나에겐 매력적이었다. 살아
보지 못한 도시를 살아 낸 듯한 기분이다.

"좋은 소설을 쓰시오."

기다리던 벗이 구보에게 말했다. 구보는 오직
그 생각에 모멸 찬 세상의 시선도 상관없는 작은
행복을 가졌다. 조그맣고 외롭고 슬픈 얼굴로
밤늦게 돌아오지 않는 아들을 기다리는 늙은
어머니도 잊었다.
나는 생각했다.
'어떤 말이 나에게 세상의 시선도 상관없는
행복을 가져다줄까?'
행복을 가져다줄 수 있는 한마디 말을 해 주는
벗이 있다면 도시에서의 삶이 고독하지만은
않을 것이다. 피로한 걸음걸이도 위안받지
못한 고달픔도 조금은 괜찮아지지 않을까.
어쩌면 우린 그 한마디 말을 찾아 생을 살고
시간을 보내는지도 모른다. 자신만의 방식으로,
자신만의 형태를 찾아 살아나가면서.
구보가 소설을 쓰듯, 내가 이 글을 쓰듯.

모든 존재는 세상의 아름다움에 기여한다

"다만 자신에게 주어진 그 무한한 창조성을 아직 알아채지 못해서 한 번도 발산한 적이 없으며, 이를 표현해 본 적이 없을 뿐이다. 하지만 확실한 건, 새들과 마찬가지로 모든 존재는 세상의 아름다움에 기여하고 있다는 사실이다."

필리프 J. 뒤부아, 엘리즈 루소 지음, 『새들에 관한 짧은 철학』, 맹슬기 옮김, 다른, 2019

최근 만나는 사람들 중에 꽤 많은 사람들이 나에게 묻는다.

"어떻게 하면 글을 쓰나요?"
"어떻게 하면 책을 낼 수 있나요?"

그럼 다시 난 묻는다.

"지금 글을 쓰고 있나요?"

대부분 "쓰고 싶은데 시간이 없어요", "처음에 어떻게 써야 할지 모르겠어요"라는 대답이 돌아온다.

시작하지 않고 끝이 나는 일은 없다. 해 보지 않고 내가 얼마큼 나아갈 수 있는지 알 수 없지 않은가.

그리고 책방을 찾는 사람 중에 자신의 글을 자신 없어 하는 사람이 많다.

"제 글이 책이 될 수 있을까요?"

"제 글은 아직 너무 부족해요. 언제 보여 줘야 할까요?"

그중엔 지금 당장 책으로 나와도 재밌게 읽을 글도 있고, "오, 잘 썼는데요?"라는 말이 절로 나오는 글도 있다.

나는 내가 글을 잘 쓴다고 생각해 본 적이 없다.

쓸 수 있으니 쓰고, 쓰고 싶으니 쓸 뿐이다.

중요한 건 무엇을 하건 무엇을 하고 싶건 일단 시작하라는 것. 그리고 시작한 후에 끝까지 가지 않는 것에 두려워하지 말아야 한다는 것. 우린 우리가 시작한 모든 일을 끝낼 필요는 없다. 책을 읽다가 도중에 재미가 없거나 읽기 싫어지면 책장을 덮으면 그만이다.

그러나 하고 싶다면, 언젠가 돌아서 돌아서 다시 시작할 일이라면 늦게 가더라도 걸어가 보는 것. 우리는 모두 세상의 아름다움에 기여하고 있으니 두려워하지 말고.

"생의 모든 계기가 그렇듯이 사실 글을 쓴다고 크게 달라지는 것은 없다. 그런데 전부 달라진다. 삶이 더 나빠지지는 않고 있다는 느낌에 빠지며 더 나빠져도 위엄을 잃지 않을 수 있게 되고, 매 순간 마주하는 존재에 감응하려 애쓰는 '삶의 옹호자'가 된다는 면에서 그렇다."

은유 지음, 『글쓰기의 최전선』, 메멘토, 2015

글을 쓰기 시작하면서 달라진 점이 있다. 좋은 어른이 되거나 깊은 사람이 되진 못했지만, 라이프스타일이 변했다. 밤의 시간을 나를 위해 보내는 일, 책을 읽고 무언가 쓰는 시간이 많아진 일, 만나는 사람의 직업과 취향이 달라진 일 등 여러 가지가 있지만 가장 큰 변화는 거리의 소리에 귀 기울이기 시작한 일이다.

난 소음에 유난히 민감한 사람이었다. 지하철, 버스, 택시, 길, 카페에서 마주치는 나와 상관없는 소리에 민감하게 반응했다. 시답지 않은 연예 뉴스와, 대립하는 정치 견해, 시댁과 직장 상사의 뒷담화 등 전혀 생산적이지 않은 대화들이 소란을 넘어 나에겐 세상 쓸모없는 소음이었다. 그래서 택시를 타건 지하철을 타건 길을 걷건 하물며 회사에서 일할 때도 내 귀엔 이어폰이 꽂혀 있었다. 때론 오디오북을, 때론 팟캐스트를, 때론 음악 플레이리스트를 들으며 외부의 소리를 차단했다. 가끔 귀가 피곤하거나 배터리가 없으면 아무 소리도 나오지 않는 이어폰을 꽂았다.

그러나 조금씩 글을 쓰면서 거리의 소음은 소음이 아니게 됐다. 글쓰기의 소재가 됐고, 쓰던 글의 실마리가 됐고, 언젠가 쓸지 모를 상상 속 소설의 대화상자가 됐다. 그렇게 이어폰은 점점 진짜 듣기를 위해서만 쓰였다. 음악도 팟캐스트도 꼭 듣고 싶은 것만 골라 듣게 되고, 진짜 소음과 소리를 구분하게 되고, 소리와 글쓰기 소재를 구별하게 됐다.

며칠 전 밤 늦은 시간 집으로 돌아오는 길이었다.

“아빠가 죽을 좀 사 갈까? 저녁 안 먹었지?”

“그래 사 갈게. 야채죽? 어제도 먹었는데 괜찮아?”

애써 밝은 듯 전화통화를 이어가는 낯선 남자의
어깨가 무거워 보였다. 그리고 그날 난 집으로
돌아와 아주 짧은 이야기를 써 냈다.
이젠 길을 걷다가 메모하는 일이 낯설지 않다.
메모는 잊히기도 잃어버리기도 버려지기도
하지만 종종 그때 그 시간 속에서 튕겨 나와 나의
시간이 되어 준다.
난 오늘도 거리에 귀를 기울인다.

"서른세 시간을 걸어간 후에 그는 텅 비어 있고 전망이 툭 트인 곳에 자리를 잡았다. 사람이라고는 아무도 없었다. 그는 영원히 그곳에 있겠다고 결심했다."

밀란 쿤데라, 헤르타 뮐러, 미셸 투르니에 지음, 크빈트 부흐홀츠 그림, 『책그림책』, 장희창 옮김, 민음사, 2001

다른 사람은 다 괜찮아 보이는 날.
괜찮다 못해 모두가 행복해 보이는 날.
모두가 행복하지 않다는 걸 알면서도 나만 변변치 않아 보이는 날.
누군가 어깨를 툭 건드리며 "괜찮아, 잘하고 있어" 하면 눈물이 투두둑 쏟아질 것 같은 날.
다른 사람이 괜찮지 않다고 해서 내가 괜찮은 것도 아니고, 다른 사람이 괜찮다고 해서 내가 괜찮지 않은 것도 아닌데 늘 그렇게 남과 나의 행복을 비교한다.
쉬어도 쉰 것 같지 않고 무얼 해도 무기력하다.
그런 날이면 사람이라고는 아무도 없는 곳에

가고 싶다.

아무도 없는 곳에서 맘껏 내가 나에게 괜찮다고 말한다. 나의 감정과 감각을 모두 깨어 내는 데 시간을 쏟는다. 그리고 괜찮지 않아도 괜찮다고 말한다.

애쓰지 않아도 괜찮다고 말한다.

우린 너무 괜찮아 보이려 애쓰며 살고 있다.

"이번에도 실패했다. 실패했지만 그래도 좋았다.
나는 내가 쓰고 싶었던 것을 썼고, 그럼에도
쓸 수 없는 것을 쓰지 못했다. 이번에 쓰지 못했던
것을 다음에 다시 쓰려고 할 것이다."

김중혁 지음, 『무엇이든 쓰게 된다』, 위즈덤하우스, 2017

매일 나는 실패하며 산다.
점심에 고른 메뉴는 입에 맞지 않았고,
자주 가던 카페에서 처음 골라 본 커피도
별로였고,
새로 읽기 시작한 책도 재미없었다.
지하철 내 앞에 앉아 있던 사람은 나와 같은
곳에서 내렸고,
내가 선 개찰구만 줄이 줄지 않았다.
더군다나 오늘 쓴 글도 썩 마음에 들지 않았다.
잘 쓰고 못 쓰고를 판단할 이유도 능력도 없지만,
실패의 글이었다.
감정에 솔직하지도, 문장이 미려하지도,

이야기가 재밌지도, 글이 정리되지도 않았고
그럼에도 여러 번 고치지 못했다.
하지만 나는 오늘 내가 먹고 싶은 음식을 먹고,
내가 만나고 싶은 사람을 만나고,
내가 쓰고 싶은 글을 썼다.
비록 오늘은 실패했을지라도
내일, 아니 그 어떤 날에 다시 할 것이다.

"기온에 맞춰 스스로 골라 입는 스웨터 한 벌 역시 나는 어떻게 계절을 사는 사람인가를 드러내기도 한다. 이 계절에 드러나기를 원하는 사람. 이 계절에 묻어 가길 원하는 사람. 이 계절에 떠나고 싶은 사람. 이 계절에 머물고 싶은 사람. 그런 사람들이 입는 스웨터는 모두 다 다른 계절적 감각을 가졌다."

김현 지음, 『아무튼, 스웨터』, 제철소, 2017

나는 세련된 척하지만 촌스러운 것들을 좋아한다.
스웨터와 스카프를 좋아해 옷장에 가득하다. 매니큐어와 립스틱을 좋아하지만 요즘 부쩍 사용하지 않는다. 노트, 연필을 좋아하지만 아까워 쓰지 못하고 책을 좋아해 서점에 들를 때마다 사지만 읽는 속도는 현저히 느리다. 전자책보다 종이책을 좋아하고 K-POP이 아닌 인디음악을 즐겨 듣는다. 카페에선 매번 아메리카노와 라테를 두고 고민하며 소주보단 맥주를, 맥주보단 달곰한 와인이나 샴페인을 좋아한다. 고양이와 강아지를 귀여워하지만 만지지는 못한다. 여행을 좋아하지만 여행 계획 세우는 걸 싫어하고 평소엔 자동차로 움직이는 걸 선호하지만 여행지에선 대부분 걷는다. 사람 만나는 걸 좋아하지만 새로운 사람 만나는 걸 경계하고, 혼자 있는 시간을 즐기지만 외로운 건 싫다. 검은색을 좋아하지만 꽃무늬와 레이스 장식이 좋다. 커피 잔보단 머그잔이 좋고, 요즘 노래보다 옛 노래를 자주 찾아 듣는다. 아직도 동전을 던지고 소원을 빌며 크리스마스엔 축복이 오기를 빈다. 예전엔 가을을 좋아했지만 언제부턴가 봄, 여름, 가을, 겨울 모든 계절을 좋아하게 되었다. 계절에 맞춰 계절에 따라 계절마다 머무르며 지나는 계절을 아쉬워하며 산다.

좋아하는 것들이 점점 늘고 있다.

4. 오늘도 오늘 같기를

"언어는 언어를 말하는 당사자의 의지를 넘어서 그 이상을 창출한다."

막스 피카르트 지음, 『인간과 말』, 배수아 옮김, 봄날의책, 2013

우린 너무 많은 말을 하거나, 잘못된 말을 하거나, 충분하지 않은 말을 한다.
그래서 때론 그 말이 의도하지 않은 상처가 된다.
그 말을 듣는 이도, 그 말을 하는 나 역시도.
가끔 날 선 말을 뱉는다. 쓰레기통에 쓰레기를 던져 넣듯 뱉어 버리는 말이다.
뱉고 나면 상대방도 나도 생채기가 나는 말이다.
나의 의도나 의지보다 훨씬 커져서 돌아오는 날 선 말이다.
순간의 감정으로 어쩌면 영원히 지워지지 않을 말을 왜 뱉을까.
돌아서자마자 후회할 말을 왜 뱉게 될까.

어쩌면 내가 덜 상처받기 위해 가시 난 말을

뱉는지도 모른다.

하지만 결국 가시에 찔리는 건 나다.

미련하게도 나는 이걸 꽤 많은 가시가 박힌 뒤에

알게 되었다.

"나는 내가 믿는 것을 말한다. 나는 나이 많은 여자다.
믿지도 않는 것을 말할 시간이 내게는 더 이상 없다."

배수아 지음, 『당나귀들』, 이룸, 2005

인터넷 뉴스는 매일 뉴스를 뱉어 낸다. 이게 뉴스인가 싶은 뉴스도 많고, 가짜뉴스도 셀 수 없고, 가십이라도 너무 사적인 이야기도 많다. 그리고 그 뉴스마다 달린 댓글은 손끝에 칼날을 매단 듯 날카롭게 비난하고 헐뜯는다.
어느 집단이든 가십은 존재한다. 하물며 독립출판이나 독립서점이라는 이 작은 세계에도 가십은 사라질 만하면 태어나 서울 온 동네를 휘젓는다. 누가 어떻고 누가 누구에게 그랬고 누가 누구와 어떻게 됐고 어느 책방이 그렇고 등등. 세계를 떠도는 말들은 다시 누군가에게 칼끝이 되어 돌아간다.

나는 내가 보지 않은 것은 믿지 않는다. 그렇다고
보이지 않는 것을 믿지 않는다는 소린 아니다.
보이지 않는 것들 중 믿어야만 하는 것도 세상엔
분명 존재하니까.
다만 거짓이 진실이 되고 사실이 거짓이 되는
세상에서 보지 않은 것을 믿지 않고, 믿지 않는
것은 말하지 않는다. 아니 않기로 했다.
내가 믿지 않는 일에 시간을 쏟지 않는다. 믿지도
않는 일을 말할 시간이 나에겐 없다.

"기다리기만 하면 되는 거야."
"기다리는 거야 버릇이 돼 있으니까."

사무엘 베케트 지음, 『고도를 기다리며』, 오증자 옮김, 민음사, 2012

삐삐를 가졌던 중학교 시절, 울리지 않는 삐삐를 계속 확인했고 삐삐가 드르륵 울리고 나면 쉬는 시간만 기다리며 공중전화로 달려갔다. 그 시절의 우린 누군가의 울림을 기다렸고 누군가의 목소리를 기다렸다.
지금은 기다림이 사라진 시대다. 몇 초의 인터넷 로딩도 몇 분의 대기시간도 몇 장면 느긋하게 전개하는 드라마도 우린 더 이상 기다리지 못한다.
약속 날짜와 시간, 장소를 정하고 가슴 졸이며 누군가를 기다리는 일도 사라졌다. 전화와 문자 메시지 그리고 SNS로 매 순간을 공유한다.

어느 드라마에서처럼 같은 카페 1층과 2층에서 기다리며 만남이 엇갈리는 일은 더 이상 생기지 않는다. 또 우린 약속한 상대방이 좀 늦더라도 초조하게 기다리지 않는다. 이미 그가 언제 도착할지 어떻게 올지 알고 있다. 그 약간의 시간을 무언가로 때우면 된다. 기다림이 사라진 세상, 편리하고 효율적이지만 약간의 낭만까지 함께 사라진 것만 같은 요즘이다.

하지만 생각해 보니 아직도 삶은 기다림의 연속이다. 누군가는 졸업을 기다리고, 누군가는 어른이 되길 기다리고, 누군가는 월급날을 기다리고, 누군가는 여름휴가를 기다리고, 또 누군가는 겨울을 지나 다시 봄을 기다린다. 기다림은 사라졌지만 진짜 기다림은 사라지지 않았다.

나 역시 어제도 오늘도 어떤 고도를 기다린다. 어쩌면 살아가는 동안 만날 수 없을 고도를.

"꿈과 깨어 있음의 뚜렷한 경계는 사실상 다소 모호할지도 모른다."

폴 마틴 지음, 『달콤한 잠의 유혹』, 서민아 옮김, 북스캔, 2003

매일 밤, 잠에 밀려 지곤 한다. 나는 잠에 곧잘 들지만 새벽에 또 곧잘 깬다. 다시 금세 잠이 들지만 그럴 때면 매번 꿈을 꾼다. 언젠가부터 꿈을 많이 꾸기 시작했다. 그래서 대학 때부터 꿈에 관한 책은 참 많이도 읽었다. 구스타프 융, 프로이트는 물론 메를로 퐁티와 같이 현상학자의 책도 찾아 읽었다. 나의 어떤 무의식 때문에 꿈을 꾸는지, 내가 눈치채지 못한 의식 때문인지 궁금했다.

내 꿈은 총천연색이기도 하고, 흑백이기도 하고, 대사가 있기도 하고, 배경음악이 들리기도 하고, 꿈인 줄 알기도 하고, 시리즈로 꾸기도 하고,

시리즈가 연일 이어지기도, 내일 해야 할 일을 미리 꿈에서 마치기도 했다. 그리고 종종 움찔한 기시감도 있다. 어쩌면 잠을 자는 동안과 깨어 있는 상태의 경계가 칼같이 분명하지 않을지 모른다. 의식적으로 꿈을 조정하기도 하고 꿈결에 말도 하고 행동도 하니까.

회사를 다니던 시기 동생과 함께 살던 때였다. 출근 전 동생을 깨우러 동생 방에 들어갔다. 이름을 불러도 일어나지 않기에 어깨를 흔들어 깨웠더니 동생이 갑자기 엉엉 울기 시작했다. 아직 수면 상태였다. 더 힘차게 어깨를 흔들었다. 몇 번을 반복해도 일어나지 않아 너무 놀란 나머지 동생 손을 붙잡고 눈물을 찔끔거리며 더 세차게 깨웠다. 동생은 그제야 잠에서 깨어났다. 꿈을 꾸었다고 말했다. 꿈이 기억나지 않는다고 했다. 얼마나 두려운 꿈을 꾸었을까.

내가 가장 두려운 꿈은 내가 사랑하는 사람들이 등장하는 꿈이다. 현실과 별반 다르지 않은 배경, 무슨 일이 생길 것만 같은 분위기, 알 수 없는 표정, 들리지 않는 말들, 그리고 일어나지 않았으면 했던 무엇인가가 일어날 듯한 예감. 꿈에서 깨고 나면 꿈이라는 안도와 꿈이었다는 다행이 있다.

그러나 가끔은 안도와 다행 뒤에 꿈과 같은

두려운 현실이 나타나기도 한다.

꿈이 두려운 건 현실 때문일까.

현실이 두려운 건 꿈 때문일까.

"누군가의 죽음으로 너무 슬플 때는 우리 존재가 원자로 구성되었음을 떠올려보라. 그의 몸은 원자로 산산이 나뉘어 또 다른 무엇인가의 일부분이 될 테니까."

김상욱 지음, 『떨림과 울림』, 동아시아, 2018

매년 수많은 죽음이 있다. 2014년은 상실과, 사회 구조의 죽임을 오래도록 생각하게 한 죽음이 있었고, 2019년은 꽃 같은 죽음, 2020년은 혐오와 두려움을 만든 죽음이 여럿 있었다. 누군가에겐 세상 무엇보다 소중한 사람의 죽음을 세상은 아무렇지 않게 떠들어 댄다. 죽음을 생중계하듯 죽음의 이전부터 서사를 붙여 전하는 것은 물론 온갖 추측과 상상이 난무하다. 믿기 어려운 건 그 죽음을 비아냥대는 사람들도 생겨난다는 것. 설령 모르는 사람일지라도 누군가의 죽음에 대한 애도는 매우 정상적인 반응이지만 애도까지도 비꼰다.

누군가의 죽음으로 다시 한번 사람의 죽음에 대해 생각한다. 나의 죽음 아니 내가 사랑하는 사람들의 죽음에 대해 생각한다. 상상만으로도 애도라는 말로 담을 수 없는 상실이 밀려온다. 우린 종종 다른 사람의 상실에 대해 쉽게 말하곤 한다. "내가 봤는데……", "내가 겪어 봐서 아는데……", "나라면 말이지……" 등 상대방의 상실을 내 기준으로 판단해 버린다. 대상과의 연결은 오직 본인만이 계측할 수 있으며 상실의 감정 또한 본인만이 깊이를 가늠할 수 있다. 세상은 사람까지도 온통 원자로 구성되어 있다던데……. 원자가 모여 사람이 탄생하고 사람이 죽으면 원자가 흩어지는 그런 것일까. 내가 죽으면 나의 몸은 원자로 산산이 나뉘어 세상의 무엇이 될까. 아니 그 무엇이 되지 않아도 좋을지 모른다. 너무 많은 흔적을 서로에게 묻히며 살아간다. 나도 당신도 그도 그녀도.

"전 지구화의 절정기라고 할 수 있는 이 시기에 여러 사회와 국가들이 집단 폭력의 시기로 접어들었는지 의문을 가져야 할 것이다."

아르준 아파두라이 지음, 『소수에 대한 두려움』, 장희권 옮김, 에코리브르, 2011

매일 뉴스는 세계 곳곳의 폭력과 테러를 보여준다. 문명과 문화의 발달에도 폭력과 테러가 끊이지 않는 이유는 무엇일까? 근대 국민국가의 토대가 민족적 종족 집단인 때문일까, 사회적 삶의 불확실성에서 오는 집단의 안정된 정체성 추구 때문일까.

다수와 소수 사이에 폭력성은 늘고 있다. 집단은 불확실성, 불완전성을 벗어나 안정적 집단 구조, 정체성 확립을 위해 소수의 의견을 억압하고, 소수를 대상으로 폭력을 생산한다. 이에 맞서 소수는 집단에 대항하기 위해 잔인한 테러를 재생산해 낸다.

소수는 이방인이거나 외부자이기도 하고, 종교, 이념, 그리고 집단의 이익 등 여러 이유로 만들어진다. 그렇다면 소수는 불필요한 존재일까? 불편한 존재일까? 소수는 누가 만들어 낸 것일까? 사실 나도 갑작스러운 이방인과의 마주침은 두렵다. 폭력이나 질병 같은 공포 때문이 아니다. 내가 속한 사회의 다수로 보이지 않기 때문일지도 모른다. 내가 익숙하지 못한 소수이기 때문일지도 모른다.

그 두려움은 예측할 수 없는 무엇 때문이다. 세계가 더욱 고도화된 기술사회로 변하면서 소수에 대한 폭력은 더욱 보이지 않게 진화하고 있다. 그리고 금융 자본이 세계 경제에서 더 빠르고 넓게 확장되고 IT 기술이 권력이 된 지금, 더 이상 무엇이든, 경제나 정치, 그리고 폭력까지도 한 국가만의 일이 아니며 어디서 어떻게 영향을 받을지 예측이 불가능해졌다. 그래서 먼 곳의 뉴스라도 두려워진 것일까.

"우리는 일상적인 상황, 분위기, 두려움, 시간대, 주위 사람들의 친밀도에 따라 다른 정도의 거리를 필요로 한다."

마즈다 아들리 지음, 『도시에 산다는 것에 대하여』, 이지혜 옮김, 글담, 2018

책방 독서 모임이나 글쓰기 모임에 오는 사람들 중에는 외로움 때문에 오는 경우가 꽤 있다. 모임을 통해 느슨한 타인과의 연결을 원하는 것이다.

"고향으로 내려갈까 봐요."
"서울은 숨 막혀요. 복잡하고 사람은 많은데 외로워져요."
"더 나이 들면 시골에서 살고 싶어요."

도시에 산다는 것은 어느 정도 외로움과 고독이 있는 상태다. 시시콜콜한 정보를 모두 공유하는 전통적 관계가 매우 적을뿐더러 소음, 두려움, 혼잡함, 빠른 변화 등 도시에서 오는 스트레스에서 벗어나기 위해 스스로 외로움과 고독을 선택하기도 한다. 외로움이 타인과의 연결 관계로 인해 느끼는 감정이라면 고독은 일상 세계에서 떨어져 나오는 개인의 정서와도 같다.

얼마 전까지만 해도 나는 외로움을 곧잘 느꼈다. 동료나 친구, 연인과 있어도 외로움을 느꼈으며, 집에 혼자 있는 시간을 루저처럼 여기기도 했다. 하지만 신체의 고립이나 함께 있음은 외로움의 척도가 되지 못했다. 외로움은 애정을 갈망하면서도 타인과의 깊이 있는 관계가 두려운 가운데서 생겨났다. 그때의 난 타인에게 의존하고 싶은 마음이 컸는지도 모르겠다.

그러나 지금은 외로움이 잦아들었다. 상황과 사람에 따라 나만의 사회적 거리를 만드는 것에서부터 시작해 보자. 사람이 텅텅 빈 놀이공원보다는 조금은 혼잡한 놀이공원이 더 신나고, 아무도 없는 골목길보다는 상점을 구경하는 사람들이 삼삼오오 보이는 골목이 안전하게 느끼지만, 숨 막히는 혼잡한

지하철보다 50센티미터 이상 공간이 확보된
지하철이 편하고, 처음 만난 사람과는 악수할
만큼의 거리, 친한 친구와는 옷깃이 스쳐도 될
만큼의 거리가 필요하다. 아빠와 딸 간에도,
시어머니와 며느리 간에도, 친했던 친구 혹은
친해지고 있는 친구 사이에도, 함께 일했던
동료와도, 그리고 도시에서 만나는 수많은
익명의 그와 그녀와도. 나만의 사회적 거리를
두며 타인으로부터의 애정보다 나로부터의
애정을 쌓는다.
도시에서의 삶도 충분히 풍요롭게 가꿀 수 있다.
그러기에 앞서 일단 나를 위한 삶, 나를 돌보는
삶이 되어야 한다.

"마음의 나이를 먹는다는 것은 자기 눈동자의 빛과 색을 더욱 깨끗하게 갈고닦는 것. 몸의 노화는 멈출 수 없지만 마음의 쇠퇴는 멈출 수 있다. 아무리 나이를 먹어도 마음이란 갈고닦을 수 있고 그것은 자기 눈동자에 나타난다."

마쓰우라 야타로 지음, 『안녕은 작은 목소리로』,
신혜정 옮김, 북노마드, 2018

나는 시각이 예민한 편이다. 균형 잡힌 것, 매끄러운 것, 조화로운 것, 자연스러운 것, 서정적인 것, 자유로운 것 그리고 아름다운 것을 좋아한다. 아름답다는 것만으로도 그 쓸모는 충분하다고 믿는다. 물론 아름다움의 기준은 개인마다 다르지만.

요즘 자주 무언가에 마음을 뺏긴다. 눈을 뗄 수 없는 자연 풍경이나 미술 작품, 마음에 쏙 드는 책 디자인이나 건축물, 여배우의 아름다움에도 마음을 뺏긴다. 어쩌면 아름다운 것만을 누리기 위해 열심히 돈을 벌고 사는 건지도 모른다.

그런데 요즘 부쩍 진정 아름다움이란 무엇인가

생각하게 된다. 아름다움이 허상일지도 모르기 때문이다.
오늘 아침, 임산부 핑크 배지를 단 젊은 여자가 손잡이를 부둥켜 잡고 서 있다. 배가 당기는지 자꾸 배에 손을 댄다. 임산부를 위해 자리를 비워 두고 배려해 달라는 방송이 나오지만 핑크 좌석은 이미 만석이다. 임산부 앞 핑크 좌석에 앉은 조금 더 젊은 여자는 누가 봐도 예쁜 얼굴이다. 젊은 여자는 화장을 하느라 여념이 없다. 옆에 앉은 사람을 팔꿈치로 쳐 가며 눈썹을 그리고 눈썹을 올리고 눈썹을 꼿꼿이 세운다. 이제야 마음에 드는지 거울을 보며 눈을 찡긋거리고 입술과 볼을 붉게 칠한다. 거울을 든 화려한 손톱에 자꾸 눈이 간다.
그때 옆에 앉은 누추한 차림새를 한 늙은 여자가 벌떡 일어난다.

"여기 앉아요. 내가 못 봤네요. 힘들죠?"
"아니에요, 아니에요. 괜찮아요."

손사래를 치던 여자는 늙은 여자의 손길에 못 이기는 척 자리에 앉는다. 초라한 외모지만 늙은 여자의 몸짓과 손짓은 충분히 아름답다. 아름다움은 자신 안에 머무를 수도 있지만 타인에게 발견될 수 있으며 자신을 위해 존재하기도 하지만 타인에게 인정받을 수도 있다. 나도 세상에 강요당하는 허상의 아름다움이 아닌 진짜 아름다움을 보는 눈을 길러야겠다.

"모든 것이 이미 몰락에 바쳐진 시간. 그때 낙엽으로 뒤덮인 바닥에서 커다란 꽃 한 송이가 피어난다. 꽃은 정원을 특별한 분위기로 바꾼다. 생명이 차츰 기울어 가는데, 화려한 새 생명이 깨어난다."

한병철 지음, 『땅의 예찬』, 안인희 옮김, 김영사, 2018

기적이란 단어를 좋아하지 않는다. 아니 믿지 않는다. 어려서부터 신은 없다고 믿었고 신이 없기에 신이 주는 기적 따위도 없었다.
그러나 이제야 돌이켜보니 기적이 있는지도 모르겠다. 점점 차가워지는 공기와 약해지는 생명 속에서 피어나는 가을크로커스와 가을시간너머(Colchicum autumnale) 꽃과 같이, 까탈스러운 추위와 얼음 서리를 뚫고 피어나는 수선화와 같이. 차츰 기우는 생명 속에서 화려한 새 생명이 깨어나는 계절처럼 기적은 어느 생에나 있었다.
언제 폭발할지 모르는 화염 속에서 딸의 얼굴을

떠올리며 죽어 가던 어린 생명을 구한 한 남자처럼, 자신이 입고 있던 구명조끼를 벗어 다른 생명에게 전한 한 여자처럼, 오래도록 염원하던 시험의 합격자 발표 날 길가에서 소리치던 한 청년처럼, 내 집 한 채 사는 게 한평생 꿈이던 한 노부부처럼 기적은 어느 생에나 있다.

이제야 조금 알 것만 같다. 기적은 신이 주는 것이 아니라 내가, 당신이, 우리가 만들어 가는 것이었다. 저만의 시간 안에서 차곡차곡 쌓아 기적을 만들어 간다.

"오늘은 어때?"
누군가 묻고,
"오늘은 무난해"라고 대답하는 삶.
그런 삶에 감사하는 삶.

문보영 지음, 『사람을 미워하는 가장 다정한 방식』, 쌤앤파커스, 2019

누군가는 "사는 건 모두 힘든 거야. 누구나
고통과 아픔이 있어"라고 말하고,
또 누군가는 "지금은 힘들고 아프지만 다
지나가면 행복한 기억일 거야"라고 말한다.
좋은 일이 있다 보면 나쁜 일도 있고 나쁜 일이
있으면 좋은 일이 온다.
그러니까 사는 거지. 그러니까 살아가는 거다.
하지만 어쩌면 나는 그렇게 행복하지도 아프지도
않은 무난한 삶을 바라는지 모른다.
누군가가 "별일 없니?" 물으면,
"응, 오늘도 오늘 같아"라고 대답하는 삶.
그런 삶에 만족하는 삶.

5. 관계 속에 당당하게 서 있기

"인생에는 감동도 수없이 많지만 부끄러운 일도 딱 그만큼 많다. 그래도 뭐, 인생에 감동만 있다면 아마 피곤할 테죠."

무라카미 하루키 지음, 오하시 아유미 그림, 『저녁 무렵에 면도하기』, 권남희 옮김, 비채, 2013

하루하루 후회 없이 살고 싶지만
어쩌면 우린 하루하루 후회할 일을 만들며
사는지도 모른다.
나의 기분과 감정이 중요해 다른 사람의 기분
따윈 생각하지 않고 내뱉는 말들,
툴툴거리며 비아냥대는 듯한 몸짓,
무시와 경멸이 깃든 눈빛.
그 어느 날 하나 당당한 하루가 없다.
나의 당당한 하루를 찾아 나는 오늘도 비루한
마음을 이끌고 오늘을 나선다.

"그것이 이것보다 어려운가, 이것은 그것보다 쉬운가 하는 삶의 온도차를 재보는 일은 늘 쉽지 않았다."

김금희 지음, 곽명주 그림, 『나는 그것에 대해 아주 오랫동안 생각해』 중 「온난한 하루」, 마음산책, 2018

"다 지나갈 거야."

"그렇겠지. 지나가겠지?"

"그럼, 너도, 나도. 곧."

"그래, 곧."

지나갈 걸 알지만 영원히 멈춘 것만 같은 순간이 있다. 멈춘 순간의 틈에 옴짝달싹 못 하게 낀 그런 날엔 나는 무조건 잔다. 잠이 오지 않아도 잔다. 자다가 깨도 또 잔다. 자고 또 자고 그렇게 순간의 틈을 건너뛴다. 그러면 조금 더 빨리 그 순간이 지나가 버려진다.

맞서는 것도 버티는 것도 도망가는 것도 그

무엇으로도 지나가기만 하면 다 괜찮아질 것만
같은 날엔 그렇게 나는 도망간다.
가끔은 잠시 도망쳐도 된다. 다만 돌아와야
한다는 건 잊지 않는다.

"행복한 가정은 모두 모습이 비슷하고, 불행한 가정은 저마다 나름의 이유로 불행하다."

레프 톨스토이 지음, 『안나 카레니나』, 연진희 옮김, 민음사, 2019

불행은 언제나 알 듯 모를 듯 찾아온다. 잊을 만하면 날아드는 고지서처럼 나에게도 그렇게 찾아왔다. 왜 나에게 이런 일이 생길까, 라는 의문을 갖기도 전에 불행은 눈앞에서 시끄럽게 울려 댔다.

초등학교 때였다. 아니 국민학교 때가 옳다. 학교를 가기 위해 집을 나서려는데 전화벨이 기분 나쁘게 울렸다. 학교에 빨리 가라는 아빠의 말에 동생 손을 잡고 걸음을 재촉했다. 학교를 마치고 왠지 모를 불안한 걸음으로 집에 돌아오니 온갖 곳에 빨간 딱지가 붙어 있었다. 그날 밤 우린 도망치듯 집을 떠났다.

며칠 후 우리가 살던 아파트에 살림살이를
챙기러 돌아왔다. 아파트 지하실에 짐이
내팽개쳐져 있었다. 미처 챙기지 못한 생필품을
챙겼다. 옷가지, 작은 가전제품 등이었다. 새로
산 장롱, 세탁기, 냉장고 따윈 가져갈 생각조차
못했다. 냉장고엔 한가득 사 놓은 복숭아가 물러
터진 채 남아 있었다. 캄캄하고 시큼한 냄새를
풍기던 지하실에 퍼진 복숭아의 달큰한 냄새가
아직도 코끝에 맴돈다. 그땐 냉장고보다 냉장고
속에서 무른 복숭아가 어찌나 아깝던지.
그래서일까. 나는 요즘 불행이 날아들 것만 같은
날에 복숭아를 산다. 달달하고 부드러운
복숭아가 부디 내 불행을 삼켜 주었으면 하고.

"나는 이렇게 살아오는 동안 수없이 많은 점잖은 사람들과 헤아릴 수 없이 많은 접촉을 가져왔다. 어른들 틈에서 오랫동안 살아온 것이다. 나는 가까이에서 그들을 볼 수 있었다. 그렇다고 해서 그들에 대한 내 생각이 나아진 건 별로 없었다."

생텍쥐페리 지음, 『어린 왕자』, 정장진 옮김, 문예출판사, 2019

"내 동생 곱슬머리 개구쟁이 내 동생. 이름은 하나인데 별명은 서너 개."

어릴 적 나는 이 노래가 내 동생을 위해 만든 노랜 줄 알았다.
곱슬머리 내 동생은 종종 심통 난 표정을 지었고, 뛰어놀기를 좋아했다. 우린 둘 다 고집이 세 자주 싸웠지만 난 언제 그랬냐는 듯 동생을 예뻐했다.
그리고 그 모습은 고스란히 사진으로 담겼다.
지금은 사진첩이 모두 없어져 사진을 볼 수 없게 됐지만 기억에 선명한 두 장의 사진이 있다.
한껏 곱슬한 머리에 파란색 줄무늬 내복을 입고

식탁 사이에 다리를 얹고 생떼 쓰는 얼굴의 동생
사진, 꼬꼬마인 내가 더 꼬꼬마인 동생을
끌어안으려 하자 싫다고 빠져나가려는 동생
사진이다. 지금도 이따금 어른인 척하는 동생을
볼 때면 그 사진들이 떠오른다.
우린 가끔 아빠 눈을 피해 함께 일탈을 하기도
했다. 한번은 수영장 강습을 땡땡이 치고
오락실에 갔다. 오락기 위에 주인 잃은 돈을 주워
실컷 오락을 하고 아이스크림도 하나씩 사
먹었다. 완전 범죄를 꿈꾸며 신나게 집으로
돌아왔지만 이미 땡땡이를 들켜 버린 후였다.
눈물 쏙 빠지게 혼난 후 다시는 학원을 빼먹지
않겠다고 약속했다.
그러나 우린 그 후로 몇 번 더 땡땡이를 시도했고,
성공했다. 땡땡이를 친 어느 날엔가는 동생과
함께 아파트를 돌며 집마다 스티커를 붙이는
아르바이트를 했다. 열쇠수리 가게 전화번호가
적힌 스티커였다. 한 장에 겨우 몇십 원짜리
아르바이트였지만 용돈이 넉넉하지 않았던
우리에겐 풍요로운 하루를 보낼 수 있는
돈이었다.
그렇게 일탈을 함께하던 꼬꼬마 동생은 어느새

훌쩍 자랐다. 동생은 당황스러운 일 앞에서도 매사 침착하다. 목소리를 높이지도 조급해하지도 도망가지도 않는다. 아직도 아이스크림을 좋아하지만, 김치를 안 먹겠다고 생떼 쓰던 동생은 이젠 없다. 곱슬머리 개구쟁이 내 동생이 언제 이렇게 어른이 되었을까?
어쩌면 나보다 더 큰 어른이 되어 가는지도 모르겠다.

"반면 윤정은 어떤 강요나 통제도 없이 관계에 대한 결정권을 오롯이 상대방에게 넘겼다. 그래서 마음이 편안하기도 했지만, 한편으로는 그런 수동적인 태도가 둘 사이의 무게를 도무지 가늠할 수 없게 만들었다."

황유미 지음, 『피구왕 서영』, 빌리버튼, 2019

아주 어린 시절, 편을 가르는 것이 무척이나 자연스러웠던 때. 어느 편이든 편이었어야만 했던 때. 나는 이왕이면 조금 더 힘이 센 무리의 편이고 싶었다. 그래야 나의 존재가 인정받는 느낌이었다. 그렇게 힘센 무리에 있기 위해 무리 안에서는 수동적인 태도를 일삼곤 했다.

그때나 지금이나 아이들은 가난의 냄새를 맡는다. 유명 영화에서처럼 반지하 방 냄새가 아니어도 냄새를 맡아 친구를 나누었다. 아파트 단지로 편을 나누고 출신 학교로 편을 갈랐다. 가난의 냄새는 없었지만 가난했던 나는 냄새가 새어 나가지 않도록 노력했다. 때로는 거짓말로,

때로는 비겁함으로, 때로는 가난 이전의 모습을 흉내 내면서. 그렇게 힘센 무리에 든 나는 무리 안에서 다시 편을 나누었고 내 편에 들어온 아이들에게 적극적으로 울타리를 만들어 갔다. 편, 무리, 집단이라는 것. 지금의 나에겐 너무나 폭력적인 말. 개인이 개인으로서 인정되어야 한다고 생각하는 지금은 어느 무리에도 속하지 않은 개인이 자유롭다고 느낀다. 그러나 20여 년 넘게 지난 지금도 나는 나도 모르게 편, 무리, 집단을 만들고 있는 게 아닌지 두렵다.

"내 인생을 돌이켜봤을 때 내가 나의 속마음을 털어놓은 사람은 언제나 언니였으니까, 그게 나의 친언니든 경찰 동기 언니들이든 사회에서 만난 언니든. 그래서 정해진 사람 없이 언니 하고 두서없이 불러 봤어."

윈도 지음, 『경찰관 속으로』, 이후진프레스, 2019

내 인생에 언니는 없었다. 친언니는 물론이고, 속마음을 털어놓을 친한 언니도 없었다. 내 뾰족한 성격 때문인지, 내 속마음을 깊이 이야기 못하는 성향 때문인지, 연락을 살갑게 잘하거나 다정다감한 편이 아니어서인지는 모르겠다. 중학교나 고등학교 때는 곧잘 따르는 아니 따르고 싶은 언니들도 있었지만 그 관계는 오래 유지되지 않았고, 대학에서는 여자보단 남자가 많은 건축을 전공해 여자 동기보단 남자 동기들과, 여자 선배보단 남자 선배들과 어울리는 게 더 자연스러웠다. 이후 사회에 나와서도 직장을 다니면서도 언니는 없었다.

그래서 나는 언니들에게 나의 속마음을 털어놓는
방법을 잊었다.
나에게 언니가 있었다면, 아무 때나 언니, 하고
부를 수 있는 언니가 생긴다면 고구마 같은 일도
사이다처럼 변하지 않을까. 그리고 나도
누군가에게 그런 언니가 될 수 있지 않을까.

"당신이 진정 원하고 추구하는 집은 어떤 모습인가."

김동하 지음, 『나의 주거 투쟁』, 궁리, 2018

내 오랜 기억 속 나의 집은 서울 태릉 인근의 아파트로부터 시작한다. 복도식 아파트로 10층 정도 높이에 살았고 아파트 앞에는 바로 놀이터가 있었다. 나는 어른들 눈을 피해 그렇게 고무신을 신고 놀이터에 나갔다고 한다. 그리고 그 후로 오랫동안 아파트와 아파트를 닮은 높은 건물, 아파트를 닮고 싶어 하는 중형 건물을 전전하며 살았다. 물론 중간에 오래된 다세대 주택에 얹혀 살았던 1년과 이곳저곳을 떠돌이처럼 이사했던 시기도 있었지만 그것은 마치 아파트와 아파트를 잇는 잠깐의 기억 정도로 남아 있다.

그 기억들 속 나는 주거 독립을 몹시도 갈망했다. 나의 주거 독립은 화려하진 않아도 꽤 괜찮을 것만 같았다. 이후 스무 살이 지나서야 기숙사를 시작으로 반지하, 구옥 이층집으로 독립했다. 혼자 사는 낭만을 제대로 누리지 못한 집들이었다. 햇볕이 없고 빨래가 잘 마르지 않았던 반지하 방은 방 한 칸에 별도의 작은 부엌 겸 복도, 그리고 화장실이 딸린 아주 작은 집이었다. 대학원을 다니며 몇 년을 살았지만 결국 부엌 수도가 터졌고, 물이 차올라 큰 공사를 해야 한다는 말에 인근 구옥으로 이사를 했다. 햇볕이 잘 들던 구옥 이층집은 방 두 개에 부엌과 작은 거실, 화장실 그리고 베란다까지 있는 오래된 살림집이었다. 이제야 제대로 내 집처럼 꾸미고 살겠다며 책장에 화장대까지 들였다. 그러나 여름은 덥고 겨울은 추웠으며 밖에서 들리는 소음에 깜짝깜짝 놀라곤 했다. 문 하나만 열고 나가면 밖이고 익명의 다수가 지나는 길이라는 생각이 날 두렵게 하기도 했다. 하지만 저렴한 보증금에 저렴한 월세, 익숙한 동네라는 메리트가 7년 넘게 그 집에 머물게 했다.
남들이 좋다고 하는 직장을 갖게 되면 드라마에

나오는 싱글 라이프처럼 세련된 오피스텔에 살게 될 줄 알았지만 현실은 주거와의 투쟁이었다.
종종 부동산을 기웃거리고 인터넷을 검색했지만 내가 가진 돈과 내가 쓸 수 있는 돈으로 살 수 있는 집은 한정적이었다.
지금은 내 집 장만을 해 꽤 괜찮은 아파트 거주민이 되었다. 아파트 단지 내 좋은 산책길이 있고, 인근에 도서관과 수영장도 있고, 조금 걸으면 벚꽃이 흐드러지는 안양천이 있는 곳이다. 하지만 아직 나의 주거 역사는 끝나지 않았다. 뉴스에서 부동산 이야기가 나올 때면 귀가 예민하게 반응하고, 동네 아주머니들이 나누는 지금 시세가 어떻고, 몇 동 몇 층이 얼마에 거래되었고 하는 말을 안 듣는 척 모두 듣는 나다. 이 작은 집 하나로 일확천금을 꿈꾸진 않지만 조금 더 '좋은 집'에 대한 욕망은 득실거린다.
좋은 집이란 무엇일까, 내가 꿈꾸는 나의 집은 어떤 모습인가.

"눈을 감고 오래된 터널을 걸어가다 보면 알 수 있다. 우리가 잃어버린 것들은 모두 유년에 가 산다. 유년에서 아직 살고 있다. 때문에 오늘 낮에 내 옆모습이 굳어졌고 불안했으며, 주눅이 들었던 것이다. 유년에 아직 살고 있는 무엇 때문에 내일 나는 우울하거나 발랄하거나 어쩌면 축축할 것이다."

박연준 지음, 『소란』, 북노마드, 2014

10대 때 나는 감정이 과잉된 상태였다. 미움도 사랑도 좌절도 희망도. 그 무엇 하나 정상 수치를 가지지 못했다. 모든 과잉 감정을 혼자 끙끙 끌어안았다. 이불을 뒤집어쓰고 자주 울었고 친구들과 몰려다니며 괜히 웃었다. 그땐 일기를 참 열심히 토하듯 썼다.

처음 일기를 쓰기 시작한 건 열한 살로 기억한다. 누군가 편지인지 일기인지 헷갈리는 것을 두고 떠난 후 멍하게 1년이 지난 뒤였다. 학교에서도 집에서도 시간이 날 때마다 썼다. 교환일기가 유행이었던 중학교 때, 교환일기 여러 개와 진짜 일기를 썼고, 손으로 만든 일기장과 다이어리가

유행이던 고등학교 때, 친구들을 보여 주기 위한
일기를 썼고 진짜 일기를 또 썼다.
하지만 일기장이 채워지면 누가 볼까 서랍
깊숙이 숨기다가 음침한 곳에서 찢어 버리기
바빴다. 처음엔 불로 태워 버려야지 생각했지만
라이터를 켜는 게 무서웠고 불이라도 날까
겁났다. 이후로 동네에서 가장 더러운
쓰레기통을 찾아 찢어 버렸다. 쌓아 둔 감정을
버리고 10원어치라도 더 나은 내일을 바라는
마음이었다.
100원어치쯤 나아진 20대와 주눅 들지 않을
만큼의 30대를 보냈다. 스물이 넘어서는
불안했던 유년을 극복할 수 있을 거라는
믿음으로, 서른이 넘어서는 극복했다는 거짓된
믿음으로. 20대와 30대를 넘어 곧 40대가 되는
나는 아직 가끔 유년에 맞닿는다. 예기치 않게
슬쩍 와 닿는 유년의 골짜기와 언덕에 놀라도
괜찮은 척 넘길 정도가 되었다.
수많은 일기장을 지금까지 갖고 있었다면 유년의
기억에서 벗어났을까.

"가족과 사회를 탐구하면서 자식을 부모의 소유로 보느냐 아니냐는 사회적으로 근대를 구분하는 중요한 기준이라는 사실을 발견했다."

홍주현 지음, 『환장할 우리 가족』, 문예출판사, 2019

한국 사회의 곳곳은 아직 근대를 벗어나지 못했다. 한국 사회는 여전히 자식을 부모의 소유라고 생각한다.
뉴스에선 자신의 생활을 비관한 부모가 자식을 죽이거나 시도하는 사건이 심심치 않다. 이런 극단적인 사건을 빼고라도 한국 사회엔 아직 팽배해 있다. 학교를 진학할 때, 결혼할 때, 혹은 이혼할 때 등 개인의 생애 주기에 큰 변화가 있는 시기마다 부모는 자식에게 자신의 의견을 강조 혹은 강제한다. 물론 결혼 후에는 사위, 며느리에게 자식의 도리를 요구하고, 생일, 어버이날, 명절엔 당연히 자식이 부모를 섬겨야 하며, 그렇지 못할 때 정확한 의사 표현 없이 서운하다며 감정적 토로를 한다. 또한 아이들 싸움에 부모가 나서서 해결하거나 부모 간의 싸움으로 번지는 것도, 아이들 학교 등급과 취업 상태로 부모 간의 등급이 나뉘는 것도, 성인이 된 자식의 잘못을 부모가 사과하고 책임을 지는 것도 자식과 부모가 서로에게 서로를 투영하기 때문이다.

나는 이런 자식과 부모 간의 과잉된 끈을 반대한다. 성인이 된 자식에게, 결혼한 자식에게 부모라는 이유로, 가족이라는 이유로, 어쩌면 폭력적일지도 모를 일들을 요구한다. 나 역시 예외가 아니다. 지금도 아빠는 나에게 "~할까?", "~할래?"가 아닌 "~하자!", "~해라!"라고 말하는 경우가 많다. 본인 생각과 계획이 내 선택이나 의견보다 중요하다고 생각해서라기보단 당연히 따라주겠지, 하는 생각인지도 모르겠다.

부모니까, 자식이니까, 가족이니까, 라는 논리로. 그러나 개인이 우선이며 어디서든 '나'를 먼저 위해야 한다. 세상은 혼자 감당해야 하는 일들이 너무나 많다. 가족이 있어도 가족이 함께여도 개인의 상처나 감정을 대신할 수는 없다. 그리고

대신해 주길 바라서도 안 된다. 부모든 자식이든
가족이란 이름으로 의존하지 말고 개인이
단단해져야 한다.

"아무리 친한 친구라도 내가 그를 알고 있다고 생각하는 것 자체가 대단히 위험한 일이며, 무례한 일이다."

소노 아야코 지음, 『좋은 사람이길 포기하면 편안해지지』, 오경순 옮김, 책읽는고양이, 2018

트럼프 대통령이 말했다.

"일생 동안 많은 사람과 협상을 해 봤는데 때때로 가장 신뢰하지 않는 사람이 가장 정직한 사람으로 밝혀지는 일이 있고, 가장 믿었던 사람이 정직하지 않은 사람으로 밝혀질 때도 있었다."

일생 동안 그 어떤 것도 예측한 대로 흘러가지 않는다. 그중 제일은 사람이다.
나는 친구가 많지 않다. 학교 친구도 사회 친구도 손에 꼽을 정도다. 나이가 들어선 내가 좋은 친구가 되려고 노력하지 않아서일지도 모른다. 그래도 오랜 기간 회사 생활을 하며 좋은 관계들이 있었다. 또래는 아니어도 친구처럼 지내는 사이가 많았다. 퇴근하고 함께 저녁을 먹고 술을 마시고 종종 주말에도 만남을 가졌다. 친구나 가족보다 서로의 생활을 속속들이 나눴다.

그러나 좋은 관계라고 다 내 사람은 아니라고 했던가. 회사 일을 하며 내 주변에서 시끄러운 일이 생겼을 때였다. 내가 벌인 일은 아니었지만 내 주변 사람들의 일이라는 이유로 나까지 꺼리는 느낌이었다. 점점 연락이 뜸해지고 부딪침도 뜸해졌다. 퇴사 준비를 위해 회사에 서류 정리, 짐 정리를 하러 간 날도 그랬다. 나의 9년이 두 개의 상자와 두 개의 종이가방밖에 남지 않은 기분이었다. 그렇게 좋은 관계라 믿었던 사람들과는 퇴사를 하면서 인연을 다했다.

그리고 의외의 사람들이 나를 그들이 본 그대로 바라봐 주었다. 때때로 나를 무신경하게 대했던 사람이 나에게 진짜 마음을 던지기도 했다. 편견이나 떠다니는 소문은 신경 쓰지 않는 사람들. 그럴 때면 나는 좋은 사람처럼 보이지 않아도 된다는 안심과 나대로 살아도 되겠다는 안도가 생긴다. 특히 난 좋은 사람처럼 보이는 말을 하지 못한다. 누군가는 나에게 말한다.

"어차피 몇 번 안 볼 사이인데 뭘 그렇게 솔직히 말해."
"아닌 건 아니라고 말해야지."
"립 서비스 몰라? 말 한마디 하는 게 어려워?"
"가짜 말은 못하겠어."

좋은 사람처럼 보이는 말을 하면 좋은 사람이 되는 걸까. 모두에게 좋은 사람이기보다 먼저 나에게 좋은 사람이 되자. 나에게 정직해져 보자. 어차피 타인에게 좋은 사람이 되려 아등바등해 봐야 내 속만 문드러질 뿐이다.

"사랑을 가진 인간이 아름다울 수 있으며, 누군가를 혹은 무언가를 아름답다고 여길 수 있는 마음으로도 인간은 서글퍼지고, 행복해질 수 있다는 것을 알았다. d를 이따금 성가시게 했던 세계의 잡음들도 문제가 되지 않았다. 행복해지자고 d는 생각했다."

황정은 지음, 『디디의 우산』, 창비, 2019

처음. 언제나 처음은 있었다.
첫걸음마, 첫눈, 첫사랑, 첫 시험, 첫 해외여행, 첫날밤.
처음은 설레면서도 두렵기도 하고 무한히 기억될 것 같지만 또 다른 처음에 흐려진다.
내 인생의 첫 시험은 수능시험이었다. 수능시험 이전에도 첫 받아쓰기 이후 수많은 시험이 있었지만 인생의 시험이라고 할 만한 크기는 아니었다. 인생의 처음이자 마지막이라 생각했던 수능시험을 치르고 짐승처럼 울었다. 후회했고 불안했고 두려웠다.
그러나 스무 살의 추억이 흐릿해질 때쯤 알게

되었다. 1989년도 영화 제목처럼 행복은
성적순이 아니었다. 그리고 세상엔 더 어렵고
많은 시험이 남아 있었다.
이제 어른의 나이가 된 지금에야 안다. 행복은
다른 사람의 기준으로 만들어지는 것이
아니었다. 물론 좋은 성적은, 좋은 대학은 많은
기회를 가져다주지만, 그 어떠한 기회도 나를
행복 앞에 데려다주진 못한다.
행복은 거대한 것이 아니었다.

"내가 너를 얼마나 좋아하는지 너는 몰라도 된다 너를 좋아하는 마음은 오로지 나의 것이요, 나의 그리움은 나 혼자만의 것으로도 차고 넘치니까."

나태주 지음, 『꽃을 보듯 너를 본다』, 지혜, 2015

말하지 않으면 모른다.
말하지 않아도 알아주었으면 하는 마음은 이기적이다. 진심은 통한다고? 아무리 진심이어도 말하지 않으면 알 수 없다. 친구라도 연인이라도 부부라도 하물며 부모 자식 사이에도 마찬가지다.
생일 축하를 받고 싶으면 "나 오늘 생일이야", 먹고 싶은 음식이 있으면 "나 이거 먹고 싶은데 어때?", 기분이 상하는 말을 들으면 "네가 그렇게 말하니까 기분이 안 좋아", 상사나 집안 어른이 말하더라도 "그렇게 말씀하시는 건 아닌 것 같아요"라고 솔직하게 말해야 한다. 물론 솔직하게 말하는 것에 부작용도 따른다. “너 되게 솔직하구나”라는 말이 한국 사회에선 칭찬이기만 한 것은 아니니까. 그리고 때론 솔직함을 무기로 상대방에게 상처를 주기도 하니까.

그럼에도 난 솔직하게 말한다. 좋아하는 마음을, 함께하고 싶은 마음을, 만나고 싶은 마음을 또는 듣고 싶지 않은 마음을. 어쩌면 이 역시도 이기적인 마음일지 모른다.

내 마음이 네 마음 같은 것도 네 마음이 내 마음 같은 것도 세상엔 없다.

네 마음이 내 마음 같으면 그게 네 마음인가 내 마음이지.

"어떤 특별한 사람은 행성 하나보다 더 큰 의미를 가질 때가 있어요. 그걸 이해하는 사람이 있고 못하는 사람이 있겠지만, 저한텐 엄청 분명한 문제예요."

정세랑 지음, 『지구에서 한아뿐』, 난다, 2019

비혼주의자였던 내가 결혼을 했다. 당시 회사에선 내가 사고 쳐서 결혼한다는 소문까지 돌았을 정도다.
그를 처음 만나고 몇 번을 채 만나지 않았을 때 '나 이러다 이 사람하고 결혼할 거 같아'라는 생각이 들었다. 사귀고 있지도 않았고 물론 결혼 이야기도 없었는데 분명 결혼할 것만 같다는 느낌. 그렇게 우린 어쩌다 보니 결혼을 했다.
나도 예상치 못했던 나의 결혼이었다. 1년 반이란 연애 기간이 있었지만 나에겐 결혼이 '덜컥'이었다.
나는 늘 '나'조차도 버거웠고, '나'와 '나'의

경계에서 언제나 덜컹거렸다. 그래서 나에게 '너'
가 생긴다는 건 생각지도 못했다. 내 상처조차
상처인 줄 모르고 어영부영 사는데 내가
누군가와 함께 살 수 있을까 싶었다.
한 사람이 온다는 건 한 세계가 온다고 했던가.
하나의 세계와 또 다른 세계가 만났으니 온갖
충돌이 생겨났다. 나의 첫 가출은 내가 사 준
운동화 상자를 그가 발로 차고 방으로 들어간
후였다.

"그런다고 문이 부서져?"

있는 힘껏 소리를 질렀다. 나는 그보다 더 화가
나 있다는 것을 보여 줘야 했다.
'그래! 가출이다.'
입고 있던 트레이닝복에 지갑과 휴대전화만
들고 가출을 감행했다. 들으라는 듯 현관문을
큰 소리가 나게 닫았다.
'일단 커피나 한잔 마시자.'
사실 가출해도 마땅히 갈 곳은 없었다. 만날
동네 친구도, 울면서 고자질하러 갈 곳도 없었다.
커피 한잔 마시고, 그래도 화가 안 가라앉으면

동네를 배회할 참이었다. 그러나 카페에 가려니 급하게 나온 나의 몰골이 신경 쓰였다. 그나마 다행히 트레이닝복을 세트로 입었지만 안에 입은 후줄근한 분홍색 반소매 티셔츠가 허리 아래로 날름거렸다. 혓바닥 같은 티셔츠를 바지에 넣으려니 양손에 들린 지갑과 휴대전화가 걸리적거렸다. 벤치에 올려놓고 바지 깊숙이 티셔츠를 주섬주섬 쑤셔 넣었다.

"뭐하냐."

아, 젠장. 그가 한 발자국 뒤에서 나를 보고 있다. 왠지 모를 창피함과 부끄러움이 뒤섞여 웃음이 났다. 나의 웃음에 그도 웃는다.

"왜 웃냐."
"아, 몰라. 나 가출했어. 따라오지 마."

걸음을 재촉했지만 이미 내 손은 그의 손을 잡고 있다. 이미 왜 싸웠는지 기억도 안 난다. 그렇게 나의 첫 가출은 5분도 안 돼 끝이 났다.
첫 가출이자 마지막 가출은 싱겁게 끝나고

말았지만 그 후로도 우린 여러 번 충돌했다.
그러나 이제 나는 나와 다른 그의 세계를
인정한다. 서툴고 개인이 중요한 나와는 달리,
다정하고 사람 좋아하는 그. 그렇게 나와 너를
구분해 주었다. 결혼하며 생기는 여러 문제,
가족 간의 관계라든가 며느리로서 아내로서
전통적으로 해야만 했던 일도 몇 번의 다툼과
대화와 협상과 타협으로 그와 나는 서로의
다름을 인정했다.

결혼했으니까, 사랑하니까, 라는 이유로 서로의
경계를 허물어야 하는 건 아니다. 결혼은 누구의
종속도, 합병도 아니다. 개별적인 존재로
인정해야 한다. 물론 나도 그도 앞으로 슬쩍슬쩍
서로의 경계를 넘거나 염탐할 것이다. 하지만
우린 서로의 경계에서 만나 서로를 위한 삶,
자신을 위한 삶을 살 것이다.

나와 다른 세계일지라도 나에게 이미 큰 의미가
되어 버렸으니 이제 다름은 별로 중요하지 않다.

"나는 임신을 했고, 사회의 무지와 편견, 혐오 속에
9개월을 지냈다."

송해나 지음, 이사림 그림, 『나는 아기 캐리어가 아닙니다』,
문예출판사, 2019

온종일 저출산 뉴스가 쏟아지는 하루다.
서울부터 세종까지 도시별로 출산율을 매기고,
OECD 36개 회원국 중 출산율은 최저이며,
가임기 여성 한 명이 평생 한 명 미만으로 아이를
낳는다고 한다. 그런데 어느 뉴스를 봐도 남성
대비 숫자나 순위는 없다.
고학력 여성, 일하는 여성, 전문직 여성, 비혼주의
여성이 많아지며 출산율이 떨어진다고 말하는
사람들. 그런 여성을 두고 이기적이라고 말하는
사람들. 여성의 몸은, 여성의 결정은, 여성의
삶은, 오롯이 여성의 것이다. 국가와 민족과
가족을 위한 것이 아니며 누구를 위해 아이를

가질 의무는 없다.

또한 출산율 감소가 여성만의 이유라고 말하는 건 정말 무지하다. 법적으로 보장된 출산휴가와 육아휴직도 아직 눈치를 볼 수밖에 없는 회사 조직, 여전히 남자가 육아휴직을 하는 것은 퇴사를 준비한다는 말과 동일하게 사용되는 사회 분위기가 있다. 일하는 여성도, 육아와 가사를 전업으로 하는 여성도 독박육아를 하는 경우가 많고, 믿을 만한 베이비시터 구하기는 하늘의 별 따기와 같으며, 경제적인 부담 또한 적지 않다.

내가 결혼한 지 5년차가 되던 해, 남편의 지인 커플과의 술자리에서였다.

"애 안 낳기로 한 거예요? 우리처럼?"

"아뇨. 천천히 낳으려고요."

"하긴 시부모가 원하면 하나쯤은 낳아도 좋죠."

나는 그만 그 말에 발끈했다. 내가 왜 누군가를 위해 임신과 출산과 육아를 해야만 하는가.

내가 선택하고 결정하는 건 오롯이 나와 내가 사랑하는 남자 때문이어야 한다.

어느 TV 리얼리티 프로그램처럼 많은 시부모가

자신의 아들과 결혼한 여성에게 말한다.

"왜 애를 안 낳니?"
"결혼했으면 애를 낳아야지."
"살면서 애가 있어야 한다."
"나이 드는 부모 생각은 안 하니?"

엄연한 폭력성을 지닌 말이다.
지금 여성의 삶은 변했으며, 변하고 있고,
앞으로 더 변할 것이다. 더 이상 전통적 여성의
삶을 살아온 자신에 빗대어 말하지 말아야 한다.
그리고 몇 달 후, 나는 선택했고 결정했다.
사회의 또 다른 무지와 편견, 혐오에 어떻게
맞닥뜨려야 할지 모른 채로.

"자신을 믿는다면, 겁먹지 않았으면 좋겠다."

4인용 테이블 지음, 『일하는 여자들』, 북바이퍼블리, 2018

1인 가구와 맞벌이 가구가 매년 증가하며 일하는 여성은 늘고 있다. 대학을 졸업하면서부터 학원 강사, 백화점 점원 아르바이트와 미술관 인턴을 거쳐 광고대행사를 다니고 책방 운영과 프리랜서 작가로까지 근 20년 이상을 일하는 여자로 살아왔다. 나는 그냥 내 일을 해 왔을 뿐인데 싱글일 때, 결혼한 여자일 때, 임신했을 때 나에게 던져지는 말이 달라졌다.
싱글일 때는 사원, 대리, 차장이라는 직급보다 종종 여자 직원으로 분류하는 사람이 있었다.
조직 내에서 여자이기 때문에 심각한 젠더 폭력을 당해 본 기억은 없지만 불편했던 기억은 다소 있다. 입사 때 여자 직원은 뽑기 싫다는 말을 들으며 입사했고, 남자친구는 있냐는 물음에 답하며 입사 첫날을 보냈으며, 승진에 뒤처지지 않기 위해 남자 직원들보다 열심히 일했다. 대리 때쯤인가 지방시청 공무원들과의 회식 자리가 있었다.

"왜 안 웃어요? 여자 직원이 좀 웃어야지", "요즘 젊은 여자애들 잘 안 웃어요"라며 그들끼리 깔깔거렸다. 얼굴을 붉히며 먼저 회식 장소에서 나와 집으로 돌아왔지만 그 자리에서 당당히 한마디도 하지 못한 게 지금까지도 분하다.

남자친구가 있다고 밝힌 후에는 어딜 가나 "결혼은 안 해?" 질문을 들었고, 결혼한 뒤에는 자꾸 내가 애를 낳을 건지 말 건지 궁금해한다. 가족이거나 친구가 아니라 일로 만난 사이에서도 서슴없이 묻는다. 임신한 후에 듣는 말은 조금은 충격적이었다. 삶과 일이 별반 다르지 않은 나에게 사람들은 일을 분리해 내려 했다. "그럼 이제 좀 쉬어야겠네요", "애는 여자가 봐야죠", "육아휴직을 왜 남자가 해요? 출산 때나 며칠 휴가 내면 되죠"라는 말을 대수롭지 않게 한다.

대부분 조직에서 여성들에게 유리천장은

존재한다. 이는 조직에 속하지 않은 일하는 여자들도 마찬가지다. 유리천장은 개인이 아닌 조직과 사회가 만들었다. 국내 상장 법인 기업의 여성 임원 비율이 고작 4퍼센트 정도(2019.10)이고, OECD 젠더 임금 격차를 봐도 한국이 압도적 1위(2018)이며, 통계자료를 보면 여성 고용률과 경제 활동률 자체가 낮다. 고학력에 전문직 여성조차 싱글일 때는 꾸밈노동, 감정노동을 거쳐 결혼 후엔 출산과 육아로 내몰림 현상을 겪는다. 무서운 건 많은 결혼한 여성이 스스로 죄의식을 갖는다는 것. 이 죄의식은 누가 만든 것인가. 이것이 단지 개인의 재능과 능력 탓일까. 남성 위주의 경제 구조에서 여성은 동정과 연민이 아닌 개인으로 보장받아야 한다.

나도 두렵다. 겁은 나지만 미리 겁먹지는 않기로 했다. 나를 믿어서가 아니다. 그래도 세상이 조금씩 나아지고 있다고 믿기 때문이다.

안녕!

6. 안녕한 오늘에게

"늘 이렇다니까. 꼭 한 발씩 늦어."

영화 「걸어도 걸어도」 중에서

인생을 살아가는 데는 오직 두 가지 방법밖에
없다고 아인슈타인이 말했다.
하나는 아무것도 기적이 아닌 것처럼,
다른 하나는 모든 것이 기적인 것처럼
살아가는 것.
선택은 오롯이 나의 몫이다.
어쩌면 한 발 늦은 이 순간이 기적이 되어
나타날지 모른다.

걱정을 해서 걱정이 없어지면 걱정이 없겠네

"무엇인가 확실하지 않다는 것이 부정적인 것만을 뜻하지는 않는다. 그 자체는 사실 중립적이다. 우리가 스포츠를 즐겨 보는 것이나, 복권을 사는 것 등을 생각해 보면 이해할 수 있다. 결과를 알 수 없다는 것은 흥미를 유발한다."

김혜령 지음, 『불안이라는 위안』, 웨일북, 2017

우린 너무 많은 걱정을 하며 산다. 걱정의 반 이상은 쓸데없는 걱정이지만 램프의 요정 지니를 부르듯 시시때때로 걱정을 불러내는 램프증후군은 더 이상 낯설지 않다.

일어나지 않은 일을 걱정하는 마음은 어디에서 시작되는 걸까.

나의 경우 확실하지 않은 내일에서 시작된다. 내 생각대로, 계획대로 되지 않을 것만 같은 불안이다.

경험하지 않은 일은 모두 두려운 법이다. 하지만 생각해 보면 어차피 인생은 계획대로 되지 않는다. 계획대로 되어도 원하는 결과일지 알 수 없다. 인생에선 뜻밖의 일이 예상보다 흔하니까.
그리고 가끔은 예상치 못한 흐름이 나를 어느 언덕 혹은 물길의 끝까지 순식간에 데려다주기도 한다. 나도 지금 이 자리에 그렇게 흘러왔다. 글 쓰는 삶도 책방 운영도 오늘의 삶도 예상하지 못했다.
돌이켜보니 그 흐름은 계획이 아니라 우연히 만난 사람이 가져다주었던 것 같다. 인생의 흐름을 기다리는 삶 또한 괜찮은 삶이지 않을까. 계획대로 되지 않을까 봐 움츠리는 삶보다 어쩌면 더 흥미로운 삶일지 모른다.
'걱정을 해서 걱정이 없어지면 걱정이 없겠네'란 티베트 속담처럼 걱정한다고 걱정이 없어지지는 않는다. 오히려 걱정이 걱정을 낳을 뿐. 쉽진 않겠지만 내일의 걱정은 버리고 오늘의 흐름에 마음을 실어 보자.

"생은 누구에게나 주어지는 것이 아니다."

에밀 아자르 지음, 『자기 앞의 생』, 용경식 옮김, 문학동네, 2003

생은 여러 가지 이유로 아름답다.
가만히 생각해 보면 근사한 이유가 아니더라도
아름다운 것들이 많다.
소풍, 산책, 계절, 새싹, 숲, 봄, 바람, 빗소리, 책.
그리고 수많은 아름다운 단어들.
좋아하는 단어를 떠올리는 것만으로도 내가 조금
아름다워지는 기분이다. 설령 지금 하는 일이
잘 풀리지 않아 초조하고 기분이 몹시 더럽거나
불안한 상태일지라도 기분이 조금 나아진다.
더군다나 좋아하는 단어로 꽉 채워 보내는 나의
하루를 상상해 보면 나의 생도 아름다워질 것만
같다.

한번 상상해 보자.

일단 창문을 열고 비 오는 소리를 들으며 푹신한 침대에서 잠을 잔다. 코끝과 발끝은 찬 공기에 서늘하지만 이불 안은 따뜻하다. 잠에서 깨고 나니 하늘은 반짝인다. 소박한 도시락을 싸 소풍을 나온다. 짙고 깊은 숲길을 살랑거리는 바람과 간지럽게 걷는다. 걷다가 잠시 멈춰 하늘을 마주하고 눕는다. 키 큰 나무 위로 보이는 하늘이 구름을 밀어낸다. 한 움큼 숨을 들이쉬어 본다.

이 작은 하루만으로도 나의 생은 조금 아름다워지지 않을까.

조급하고 초조하고 두렵고 불안하고 경쟁하는 하루를 내려놓고 이 작지만 어려운 하루를 상상해 보자. 아니 보내자. 내일, 아니 오늘을.

"나는 단지 내 안에서 이끄는 대로 살고 싶었는데 그것이 왜 그리도 힘들었을까?"

헤르만 헤세 지음, 『데미안』, 박지희 옮김, 디자인이음, 2017

"좋겠다. 원하는 대로 살고 있어서."

"내가?"

난 결혼을 했고 회사를 그만두고 좋아하는 일을 하며 살고 있다. 경제적으로 궁핍해 보이지 않고 문화생활도 여행도 하고 언제 어디서나 할 말은 하며 산다. 어쩌면 안정적이고 당당해 보이는 삶이다. 그래서인지 종종 나의 삶을 부러워하는 이를 만난다.

하지만 보이는 나의 모습만이 나는 아니다.

보이는 게 모두 행복이 아니듯 보이지 않는 게 내가 아닌 것은 아니다. 누구나 벽장에 해골을 가지고 있다. 나도 불현듯 나만 행복하지 않은 것 같은 날이 있다. 자존감이 바닥을 치는 날이 있다. 왜 나에게만 이런 일이 생기나 신을 원망하는 날이 있다.

'난 왜 이럴까?'

'난 이 정도밖에 되지 못할까?'

그런 날은 나만 빼고 세상 모두가 행복해 보인다. 모두 좋은 옷을 입고, 맛있는 음식을 먹고, 새로운 여행을 하고, 멋진 글을 쓰고, 책도 잘 팔고, 하는 일마다 척척 해내며 참 훌륭하게 산다.

그러나 내가 원하는 삶은 다른 이의 삶에서 찾을 수 없다. 내 벽장 속 해골도 결국 내 것이다. 내 안에서 이끄는 대로, 조금씩 천천히 찾아야 한다.

"넌 사는 게 재밌지?"

"응, 힘들어도 재밌어."

원하는 대로 살 순 없지만 비록 해골에 걸려 가끔 주저앉기도 하지만 그냥 재미나게 살자.

"자유형 인간으로의 삶. 이제 시작이다."

태재 지음, 『스무스』, 독립출판, 2019

초등학교에 입학하고 수영을 배웠다. 삼면이 바다인 나라에 살면서 수영은 할 줄 알아야 한다는 아빠 때문에 수영 강습을 꾸준히 받았다. 처음엔 수영장 가는 게 너무너무 싫었다. 한 시간 내내 발차기만 해야 했던 이유가 컸다. 옆 레인의 멋진 언니들처럼 팔을 휘젓는 건 내겐 불가능해 보였다.

그러나 천천히 손동작도 숨 쉬는 법도 익히고 자유형을 하게 되었고, 배영, 평영도 서서히 익혀 나갔다. 한번 속도가 붙은 후로는 수영 실력이 느는 게 보였다.

뭐든 처음부터 잘하는 사람은 없다. 수영도 삶도

마찬가지다. 일단 발차기부터 천천히 시작해야 한다. 빨리보다는 정확히 가는 게, 멀리 가는 게 중요하다. 발차기를 잘 배운 덕분에 자유형 인간이 되었다. 지금은 자유형 인간임에 감사하다. 수영도 삶도. 여러모로.

"언제부터인지 잠을 빨리 자는 습관이 생겼다. 이제 꿈을 다시 꿀 필요가 없게 되었나 보다. 나는 커단 서른아홉 살의 중턱에 서서 서슴지 않고 꿈을 버린다. 피로를 알게 되는 것은 과연 슬픈 일이다. 밤이여 밤이여 피로한 밤이여."

김수영 지음, 『달나라의 장난』 중 「달밤」, 민음사, 2018

30대 초반까지의 나는 밤을 잘도 새웠다.
꼴딱꼴딱 밤을 새우며 과제도 하고 돈도 벌고
글도 쓰고 술도 마셨다. 그러다 언제부턴가
일찍 잠을 자는 습관이 생겼다. 저녁 시간을
밖에서 보내지 않으면서부터였다. 물론 그렇다고
일찍 일어나는 습관은 생기지 않았지만.
일과를 마치면 집에서 저녁을 먹고 못다 한 일을
하고 TV를 보고 책을 읽거나 산책을 나선다.
집 근처 공원과 산책길을 걷기도 하고,
대형마트나 아웃렛에 가기도 한다. 그리고
가끔은 아무 일도 하지 않고 멀뚱히 누워
있는다. 그렇게 밤의 시간이 점점 조용해졌다.

밤의 시간을 나한테 쓰면서 몸의 피로도 마음의 피로도 줄었다. 그리고 일찍 잠에 들며 꿈도 늘었다. 달밤에 꾸는 꿈만 는 것이 아니었다. 이상하게도 나는 한낮에 꾸는 꿈도 늘어 갔다. 김수영은 서른아홉 살에 서슴지 않고 꿈을 버렸다고 말했다. 서른아홉 살이 되어도 나는 또다시 꿈을 꾼다. 꿈을 버리는 것이 피로하지 않은 삶일지도 모르겠다고 생각하면서. 그래도 일단 꾸는 꿈은 꾸어 보기로 한다.

"가치 있는 것에 대해 결코 늦은 때는 없단다. 시간의 제약은 없어. 네가 원할 때 시작하렴. 넌 변할 수도, 머무를 수도 있단다."

영화 「벤자민 버튼의 시간은 거꾸로 간다」 중에서

10대엔 스물을 기다렸고 스물엔 서른을 기다렸다. 서른이 되면 무언가 엄청난 변화가 있을 줄 알았다. 멋진 집에서 싱글 라이프를 즐기고 잘생긴 애인도 있고 세상에 관한 통찰력도 생겨 내가 이끄는 대로 삶이 나아갈 줄 알았다.

그러나 서른, 나의 서른엔 아무 일도 일어나지 않았다.

서른의 나는 여전히 미숙했고 불안정했고 혼란스러웠다. 직장인 4년차였던 그때 하루가 멀다 하고 야근하며 일하는 게 전부였다. '서른 즈음에' 노랫말처럼 머물러 있는 청춘이

떠나지도 않아 매번 상처와 사랑을 반복했고,
「센과 치히로의 행방불명」 영화 대사처럼
싫다든가, 돌아가고 싶다고 말하고 싶어질 때도
있었지만 괴로워도 참고 기회가 오기를 기다려야
했다. 그러면서도 나에겐 기회가 오지 않을
것만 같아 매일이 불안했다. 열심히 일해도
불안은 더 커져 갔다. 그러면서 회사 밖
이곳저곳을 기웃거렸고 여기저기에 부끄러운
쪽글을 연재하기 시작했다.
이제 나도 곧 마흔이다. 스물엔 결코 오지 않을
줄 알았던 나이.
지금의 나는 서른의 나보다 조금 더 성숙했고
조금 더 안정적인 생활을 하지만 여전히 서른의
나와 별반 다르지 않다. 마흔, 나의 마흔에도
아마 아무 일도 일어나지 않을지 모른다. 그러나
내가 움직이는 만큼의 일은 일어나겠지. 가만히
있으면 흰머리와 주름만 늘어날 뿐이다. 결코
늦은 때란 없다. 새로운 시작은 오늘도 가능하다.

"근데, 가장 중요한 파도 파는 곳은 없나요?
매일 주머니에 넣고 다니게요."

구도영 지음, 『서핑하지 마세요』, 독립출판, 2019

"파도를 기다리는 사람은 모두가 서퍼예요."

처음 서핑을 배울 때 강사님이 말했다.
얼마나 오래 서핑을 했는지 잘했는지보다 파도를
기다리는 마음이 중요하다는 서핑.
서핑은 인생과 닮았다.
파도엔 수많은 보이지 않는 약속이 있고, 나는
그저 하염없이 내가 탈 파도를 기다려야 한다.
어쩌면 인생에서 가장 중요한 건 자신만의
무언가를 기다리는 마음일지도 모른다.
기다림에 서툰 나는 처음 파도를 만나며 두 번째
파도를 기다렸고, 두 번째 파도를 만나며 세 번째

파도를 기다렸다.

인생의 때를 기다리듯, 파도를 기다리는 사람들.

파도를 기다리며, 인생의 때를 기다리는 사람들.

나도 나의 또 다른 파도를 기다리고 있다.

"어렴풋이 살아갈 방향 같은 것도 알 수 있었다. 누군가를 이기는 것은 중요한 것이 아니다. 기록을 단축하는 것도, 완주를 해내는 것도 정말 중요한 것은 아니다. 못할 것 같은 일, 이미 늦어버린 것 같은 일, 뒤처지는 것이 두려워 시작하지 못했던 일을 천천히 나의 속도로 해내는 것."

김보통 지음, 『어른이 된다는 서글픈 일』, 한겨레출판, 2018

선거권과 운전면허가 생기고 자유로운 술, 담배와 성생활이 가능해진 것만으로 어른이 시작된 건 아니다. 어른이 되어 보니 어른이 된다는 건 그리 좋은 것만은 아니었다. 세상은 내가 생각했던 것보다 훨씬 더 복잡했다. 경쟁은 성적으로 등수를 매기던 학창시절보다 더 치열했고, 인간관계는 직장 상사, 동료, 친구, 가족, 연인, 지인 사이에서 더 복잡해져 갔으며 매일 새로운 문제를 해결해야만 했다. 꿈꾸기보다는 현실의 높은 장벽을 실감하며 포기할 줄 알아야 했고, 다른 이의 마음을 살피며 내 마음을 못 본 척하기도 해야 했고,

모든 게 처음이지만 어설프지 않게 해내야 했다. 서른아홉도 마흔도 처음인데, 나도 처음 살아 보는 건데 어떻게 능숙할까.

"언니는 진짜 어른 같아요."
"진짜 어른이 뭔데?"
"흔들리지 않는 거요."
"그럼 난 아직 어른이 아니네."
"어둠 속에서도 길을 잃지 않는 거요."
"랜턴 없이는 어른도 길을 잃지 않을까?"

갓 서른이 넘은 소녀 같은 그녀가 나에게 진짜 어른 같다고 했을 때 나는 무척이나 부끄러웠다. 아직 어른이 아니라며 버티기엔 훌쩍 어른의 나이가 되었지만, 난 아직 진짜 어른이 아니다. 누가 훅 바람을 불면 하루 종일 휘청거리기 일쑤고, 어둠 속에서도 자존심 때문에 다른 이의 손을 잡지 않으며, 무엇보다 아직 어른이 뭔지 잘 모르겠다.
서른엔 묻지 않았지만 마흔이 되어 가며 곧잘 묻게 되는 질문이 있다.

"난 진짜 어른인가?"

물을 때마다 대답은 바뀐다.
흔들려도 괜찮다고 생각하는 것, 어둠 속에서
다른 이의 손을 잡아 줄 수 있는 것, 나 스스로
행복해지는 것을 두려워하지 않는 것, 나에게도
언제나 불행이 올 수 있다는 사실을 인정하는 것,
그냥 내가 나를 인정하는 것. 그런 것이 진짜
어른이 아닐까 생각해 볼 뿐.
참 빨리 어른이 되고 싶었던 나는 이제 없다.
다만 어제보다 나은 오늘의 내가 되어 간다는
것이 진짜 어른에 가까워지고 있는 것이겠지.

"나는 혼자 웃고 만다. 때때로 우리 삶은 마치 한 편의 코미디처럼 얼마나 엉뚱하고 부조리한가!"

로랑 그라프 지음, 『행복한 나날』, 양영란 옮김, 현대문학, 2005

새해가 되면 다이어리 가득 계획을 세운다. 당장 내일의 계획부터 10년, 20년 후의 계획까지. 그중 대부분은 계획으로 끝나는 것도 많고, 몇 개는 더러 이뤄 내기도 한다. 물론 계획에 없던 일이 일어나는 경우가 더 많다.

새해는 아니지만 새 다이어리가 생겨 무언가 계획을 잔뜩 세운 날이었다. 저녁을 먹으며 남편에게 말했다.

"오빠의 60대 계획을 세웠어."

"뭔데?"

"60대에 시니어 모델을 하는 거야. 지금부터 잘

관리하면 할 수 있어."

그러자 남편이 막 웃으며 말한다.

"지금은 안 돼?"
"응? 지금은 안 되지. 40대는… 정우성 정도 돼야지."
"그럼 너도 해?"
"아니, 난 못해. 난 맛있는 거 많이 먹고 살 거야."

요즘 나의 관심사 중 하나는 '어떻게 늙어 갈 것인가'이다. 나의 일에 정년이란 없지만 50대엔 내가 무엇을 할지, 60대의 나는 어떤 모습일지, 70대엔 어떤 마음일지 궁금하다. 물론 계획대로 늙지도 않을 테지. 사실 마땅히 똑부러진 계획도 없다.
그냥 멋진 어른보다는 멋진 삶을 살고 싶다.

"우리의 삶은 구불구불 흘러내려가는 강을 닮아 있습니다. 인간의 시간은 곧잘 지체되며 때로는 거꾸로 흘러가기도 합니다. 그럴 때마다 우리는 깊은 어둠 속으로 잠겨들지만, 그때가 바로 흐름에 몸을 맡길 때라고 생각합니다."

김연수 지음, 『시절일기』, 레제, 2019

"꽃이 진 후에야 후회하지 않게 삽니다."

얼마 전까지만 해도 내 소개를 쓸 때 자주 썼던 말이다.
모든 꽃이 지는 계절. 후회하지 않기 위해 할 수 있는 일은 다시 꽃이 피기를 기다리는 일이 아닌 지금 그대로를 바라보는 일.
단지 그것뿐.

"그렇다. 오늘은 기분 좋은 날이다. 아무도 슬픈 일을 겪지 않는, 안녕이라고 이별을 고하지 않아도 되는, 이렇게 편안한 곳에서 살랑거리는 바람을 맞으며 꿈을 꿀 수 있다. 그런 날이 될 것이다."

무라야마 사키 지음, 『오후도 서점 이야기』, 류순미 옮김, 클, 2018

시간이 지나도 기억나는 기분 좋은 날이
오늘이길 바란다.
평화로운 세상 같은 건 없지만 오늘만큼은
모두가 편안한 날이길.
모두에게 안녕.

그린이의 말

책을 맞이하고 책을 지키며 책을 보내는 책방지기의 일상을 상상해 봅니다. 한곳에 머무는 시간이 많겠지만 누구보다도 창문을 많이 갖고 있는 사람이 아닐까요. 책으로 환기를 하고 책 속에 얼굴을 내밀고 밖을 보기도 하며 책을 통해 내가 서 있는 곳이 선명해지는 이야기를 읽다 보면, 내일은 가까이에 놓인 창문을 열고 새로운 문장을 만나고 나의 이야기를 쓰고 싶어집니다. 책과 함께 머물고 있다는 건 고여 있는 의미보다는, 나의 시간이 더 강해진다는 의미를 갖고 있다고 생각하며 책방지기의 하루를 그렸습니다.

임진아

이 책에 소개된 책들(가나다순)

걷는 사람, 하정우 하정우 지음, 문학동네, 2018

게으름에 대한 찬양 버트런드 러셀 지음, 송은경 옮김, 사회평론, 2005

경찰관 속으로 원도 지음, 이후진프레스, 2019

고도를 기다리며 사무엘 베케트 지음, 오증자 옮김, 민음사, 2012

고독을 잃어버린 시간 지그문트 바우만 지음, 조은평·강지은 옮김, 동녘, 2012

골목 바이 골목 김종관 지음, 그책, 2017

꽃을 보듯 너를 본다 나태주 지음, 지혜, 2015

꽃의 파리행 나혜석 지음, 구선아 엮음, 알비, 2019

꿈의 서점 하나다 나나코 외 지음, 구로기 마사미 그림, 임윤정 옮김, 아트북스, 2018

글쓰기의 최전선 은유 지음, 메멘토, 2015

깊이에 눈뜨는 시간 라문숙 지음, 은행나무, 2019

깊이에의 강요 파트리크 쥐스킨트 지음, 김인순 옮김, 열린책들, 2008

나는 고양이로소이다 나쓰메 소세키 지음, 김영식 옮김, 문예출판사, 2019

나는 그것에 대해 아주 오랫동안 생각해 중 「온난한 하루」, 김금희 지음, 곽명주 그림, 마음산책, 2018

나는 아기 캐리어가 아닙니다 송해나 지음, 이사림 그림, 문예출판사, 2019

나는 왜 쓰는가 조지 오웰 지음, 이한중 옮김, 한겨레출판, 2010

나는 이름이 있었다 중 「산책하는 사람」, 오은 지음, 아침달, 2018

나의 주거 투쟁 김동하 지음, 궁리, 2018

내가 모르는 것이 참 많다 황현산 지음, 난다, 2019

내게 맞는 일을 하고 싶어 김영숙 지음, 해의시간, 2019

내 삶의 의미 로맹 가리 지음, 백선희 옮김, 문학과지성사, 2015

다자이 오사무 내 마음의 문장들 다자이 오사무 지음, 박성민 편역, 시와서, 2020

달나라의 장난 중 「달밤」, 김수영 지음, 민음사, 2018

달콤한 잠의 유혹 폴 마틴 지음, 서민아 옮김, 북스캔, 2003

당나귀들 배수아 지음, 이룸, 2005

땅의 예찬 한병철 지음, 안인희 옮김, 김영사, 2018

데미안 헤르만 헤세 지음, 박지희 옮김, 디자인이음, 2017

떨림과 울림 김상욱 지음, 동아시아, 2018

도시에 산다는 것에 대하여 마즈다 아들리 지음, 이지혜 옮김, 글담, 2018

디디의 우산 황정은 지음, 창비, 2019

로컬의 미래 헬레나 노르베리 호지 지음, 최요한 옮김, 남해의봄날, 2018

몽상의 시학 가스통 바슐라르 지음, 김웅권 옮김, 동문선, 2007

무엇이든 쓰게 된다 김중혁 지음, 위즈덤하우스, 2017

밤의 공항에서 최갑수 지음, 보다북스, 2019

불안이라는 위안 김혜령 지음, 웨일북, 2017

뿌리가 튼튼한 사람이 되고 싶어 신미경 지음, 뜻밖, 2018

사람을 미워하는 가장 다정한 방식 문보영 지음, 쌤앤파커스, 2019

삼미 슈퍼스타즈의 마지막 팬클럽 박민규 지음, 한겨레출판, 2017

새들에 관한 짧은 철학 필리프 J. 뒤부아, 엘리즈 루소 지음, 맹슬기 옮김, 다른, 2019

서점의 일생 야마시타 겐지 지음, 김승복 옮김, 유유, 2019

서핑하지 마세요 구도영 지음, 독립출판, 2019

섬 장 그르니에 지음, 김화영 옮김, 민음사, 2008

소란 박연준 지음, 북노마드, 2014

소설가 구보씨의 일일 박태원 지음, 깊은샘, 1999

소수에 대한 두려움 아르준 아파두라이 지음, 장희권 옮김, 에코리브르, 2011

스무스 태재 지음, 독립출판, 2019

시절일기 김연수 지음, 레제, 2019

식물 저승사자 정수진 지음, 박정은 그림, 지콜론북, 2018

아무튼, 스웨터 김현 지음, 제철소, 2017

안나 카레니나 레프 톨스토이 지음, 연진희 옮김, 민음사, 2019

안녕은 작은 목소리로 마쓰우라 야타로 지음, 신혜정 옮김, 북노마드, 2018

어른이 된다는 서글픈 일 김보통 지음, 한겨레출판, 2018

어린 왕자 생텍쥐페리 지음, 정장진 옮김, 문예출판사, 2019

여우와 별 코랄리 빅포드 스미스 글·그림, 최상희 옮김, 사계절, 2016

여행할 땐, 책 김남희 지음, 수오서재, 2019

오후도 서점 이야기 무라야마 사키 지음, 류순미 옮김, 클, 2018

이상한 나라의 앨리스 루이스 캐럴 지음, 존 테니얼 그림, 손영미 옮김, 시공주니어, 2001

인간과 말 막스 피카르트 지음, 배수아 옮김, 봄날의책, 2013

일의 기쁨과 슬픔 장류진 지음, 창비, 2019

일하는 여자들 4인용 테이블 지음, 북바이퍼블리, 2018

자기 앞의 생 에밀 아자르 지음, 용경식 옮김, 문학동네, 2003

작은마음동호회 윤이형 지음, 문학동네, 2019

저녁 무렵에 면도하기 무라카미 하루키 지음, 오하시 아유미 그림, 권남희 옮김, 비채, 2013

좋아하는 일을 계속해보겠습니다 키미앤일이 지음, 가나출판사, 2019

좋은 사람이길 포기하면 편안해지지 소노 아야코 지음, 오경순 옮김, 책읽는고양이, 2018

지구에서 한아뿐 정세랑 지음, 난다, 2019

지극히 적게 도미니크 로로 지음, 이주영 옮김, 북폴리오, 2013

책과 책방의 미래 북쿠오카 엮음, 권정애 옮김, 펄북스, 2017

책그림책 밀란 쿤데라 외 지음, 크빈트 부흐홀츠 그림, 장희창 옮김, 민음사, 2001

책 따위 안 읽어도 좋지만 하바 요시타카 지음, 홍성민 옮김, 더난출판사, 2016

청춘의 문장들 김연수 지음, 마음산책, 2004

친애하는 미스터 최 사노 요코, 최정호 지음, 요시카와 나기 옮김, 남해의봄날, 2019

키키 키린 키키 키린 지음, 현선 옮김, 항해, 2019

편집의 힘 김용길 지음, 행성B잎새, 2013

피구왕 서영 황유미 지음, 빌리버튼, 2019

하루의 취향 김민철 지음, 북라이프, 2018

한국이 싫어서 장강명 지음, 민음사, 2015

행복한 나날 로랑 그라프 지음, 양영란 옮김, 현대문학, 2005

환장할 우리 가족 홍주현 지음, 문예출판사, 2019

◦ 인용을 허락해 주신 모든 작가님들과 출판사들에 감사 드립니다.

◦ 연락이 닿지 않아 허락을 받지 못하고 수록된 문장의 경우 문제가 될 시에 연락주세요.

때론
대충 살고
가끔은
완벽하게
살아

펴낸날 초판 1쇄 2020년 4월 24일
초판 2쇄 2020년 6월 19일

지은이 구선아
그린이 임진아
펴낸이 김현태

펴낸곳 해의시간
주소 서울시 마포구 잔다리로 62-1, 3층(04031)
전화 02-704-1251(영업부), 02-3273-1333(편집부)
팩스 02-719-1258
이메일 editor@chaeksesang.com
광고·제휴 문의 creator@chaeksesang.com

홈페이지 chaeksesang.com
페이스북 /chaeksesang **트위터** @chaeksesang
인스타그램 @chaeksesang **네이버포스트** bkworldpub

등록 1975. 5. 21. 제1-517호
ISBN 979-11-5931-483-4 (03810)

• 해의시간은 책세상의 자기계발·에세이 브랜드입니다.

이 도서의 국립중앙도서관 출판예정도서목록(CIP)은 서지정보유통지원시스템 홈페이지(http://seoji.nl.go.kr)와 국가자료종합목록 구축시스템(http://kolis-net.nl.go.kr)에서 이용하실 수 있습니다.(CIP제어번호 : CIP2020014830)